集英社オレンジ文庫

あなたの人生、交換します

The Life Trade

一原みう

あなたの人生、交換します The Life Trade 目次

イラスト／上条　衿

The Life Trade 1

Naoko Yamada

序

正直者は最後には幸せになる。努力は必ずむくわれる。

子供の頃に読んだ物語のほとんどは、ハッピーエンドでしめくくられる。

そういうお話が受け入れられるのは、裏を返せば、世の中は理不尽なことであふれているからだと思う。


桜を見ると、私の胸はざわざわする。

私は子供の頃のことをほとんど覚えていない。唯一、思い出されるのが桜の記憶だ。

当時、うちの裏庭に、父と母が毎年生長を楽しみにしていた桜の木があった。

が、私が小学校にあがる前――五歳か六歳の頃、その木は燃えてしまった。

真相はいまだにわからないが、木に火をつけたのは、父がお金を借りていた闇金《やみきん》の人だという噂《うわさ》が立った。借金返済の滞納に対する嫌がらせだと。

打ちひしがれていたように見えた父は、唐突に私に言った。

「尚子《なおこ》、木に灰を撒《ま》こう。灰を撒いたら、また桜が咲くかもしれない」

何を馬鹿《ばか》なことを言っているのかと、子供心に思った。ショックが大きくて、頭がどうかしてしまったのかと。

そうしたら、父を止めるはずの母も、

「そうね、いい考えだわ」

と言い、父の言葉にのって、焼け焦げた場所から灰をかき集めた。そして、木の上に灰を撒いた。「シャカシャン」と変な呪文をとなえながら。

「尚子も一緒にやろう？」

何度も促されたけれど、私は首を縦《たて》にふることができなかった。

沿道からたくさんの人が父と母の様子を見つめていた。うちはそれでなくとも、近所で有名な、借金まみれの家だった。

花咲かじいさんの話は知っている。正直じいさんが灰を撒くと、枯れた木に桜が咲く。だけど、それは物語だからだ。現実にそんなことは起こらない。

そのとき父は四十、母は三十歳を過ぎていた。立派な大人なのに、どうしてそんなことがわからないのだろうと、私は不思議でたまらなかった。

二人が灰を撒いても、当然、桜は咲かなかった。いや、その後、その桜がどうなったのかは知らない。私たちは逃げるように、引っ越した。

その後、父が倒れたのも、亡くなったのも、桜の季節だった。だから、桜が咲くと、悪いことが起きる。私は、いつしかそう思うようになっていた。

大人になった今も、桜を見ると、私の胸はざわざわする。

一

「山田《やまだ》様、申し訳ございません。今日の件ですが、先ほど先方からお断りの話がありまして……」

二〇一八年四月。都内某所。雑居ビルの中にある小さな結婚相談所。

ロビーのソファに座る私の前で、年配の黒いスーツ姿の女性が頭を下げる。私の担当の酒井《さかい》さんだ。

この日、私は同じく結婚相談所に登録している男性と初デートにのぞむことになっていた。が、男性は約束した待ち合わせの場所に来なかった。ドタキャンだった。

酒井さんが謝罪している間、私は出されたコーヒーを飲んだ。ぬるくて、酸味が強かった。コーヒーメーカーで作ったものを何時間も保温したんだろうなあと、ぼんやりと思った。

「酒井さん……」

「はい、なんでしょう」

「努力ってむくわれないんですね」

溜め息とともに口から出た。私の、本心からの言葉だった。

この結婚相談所に来たのは一年前のこと。三十年以上生きてきて、ふと結婚したいと思い、入会した。以来、この酒井さんにお世話になっている。

毎月、数人の男性を紹介してもらい、会っておしゃべりをした。どの人もよさそうな人だった。それなりに話もはずんだし、楽しく過ごせたと思う。でも、その楽しい時間は一回こっきりで次につながらなかった。

酒井さんの助言通り、女性らしいテイストのワンピースを買ってみたり、男性が好むナチュラルメイクをこころがけた。気遣《きづか》いを忘れず、必ず相手を立て、何を聞いても「すごいですね」と相手をおだて続けた。断られるたびに、自分を変えようと努力した。

学業なら、努力次第で良い成績がとれる。でも、婚活はそうではない。

「山田様、今回のドタキャンはアクシデントのようなものです。努力する方向さえ間違えなければ、絶対に山田様にふさわしい方が見つかります」

酒井さんの口から十回以上、同じ文句を聞いているような気がする。そして、いつも二人で反省会だ。大手ではないからこそ、できるサービスなのか、担当の酒井さん個人のポリシーなのか、酒井さんは私の心配事の相談や愚痴《ぐち》にもしっかりつきあってくれる。

「酒井さん、以前、断られたときはプロフィールの写真と実物が違いすぎると言われたんですけど。量販店のスーツを着ていったのがいけなかったんでしょうか」

「山田様、それは許容範囲内ですよ。皆さん、奇跡の一枚を使用されていますから」

「今、無職で失業保険をもらっていると言ったのがよくなかったんでしょうか。でも、来月にはまた別の派遣の仕事が決まっているんです。それとも母が入院していると話したのがいけなかったんでしょうか。ただの骨折で介護が必要というわけではないのですけど……」

「山田様、そういう情報はあと出しされたほうがいいかとは思いますが」

「そうですか。ではやっぱり――」

「違います、山田様。婚活される男性の多くは、二十代の若い女性を希望されるのです」

努力はむくわれると言いつつ、酒井さんは正直で、こうやって身もふたもないことを言ってくる。年齢が上がると出産のリスクが高まる。育児は体力勝負だから、結婚相手は、若ければ若いほどいい。それは事実なのかもしれないが、そんなことを言われたら、なんのために結婚相談所に入会したのかと思う。

酒井さんは私の曇った表情を見て、はっとして、笑顔をつくった。

「でも、ご心配ありません。三十代でも成婚にいたったケースは少なくありません。四十代、五十代の方よりは可能性はございます。山田様、結婚はご縁ですから。ただ――」

「ただ？」

「誤解をおそれずに申し上げれば、ご成婚に結びつかない原因の一つは、山田様から幸せオーラがあまり出ていないからかなと。もちろん、山田様が入院されたお母様のことで大変なのは存じているんですが」

「幸せオーラ……」

「ええ、男性というのは基本、女性の方以上に結婚に理想を抱いています。幸せな結婚をするために、幸せなオーラが出ている方によりひかれやすいものです。ですから幸せオーラを——」

「酒井さん」

「はい」

「思うんですけど、幸せオーラがある人が、結婚したいと思いますかね？　人並みに幸せになりたいから、結婚したいと思うんじゃないでしょうか」

「それも一理ありますね」

酒井さんは悪びれなく、笑った。

コーヒーを飲み終え、私は立ち上がる。酒井さんは、私にパンフレットやカタログを持たせ、店の外まで送ってくれた。

「山田様、このたびは大変、失礼いたしました。またご紹介させていただきます。今後ともよろしくお願いいたします」

結婚相談所の受付前のエレベーターの扉が閉まるまで、酒井さんは深々と頭を下げた。彼女は悪い人ではない。仕事熱心で、一生懸命なのはわかる。だけど――。

（別の結婚相談所にしたほうがよかったのかな……）

何度も断られると、ネガティブなほうに心が傾く。

酒井さんのいる結婚相談所に決めたのは、自宅から近く、ほかの大手の相談所より良心的な価格設定だったからだ。入会金はなく、月々二万円ほどの会費で、週に数人、自分が希望した条件に合った男性を紹介してもらえる。でも、そうやっているうちに一年が過ぎた。

結婚相手に高望みはしていない。自分が高望みできるほど容姿端麗《たんれい》だったり、特殊能力を持った人間でないことは重々承知している。相手の収入にもこだわらない。年収が低くとも、借金がなければ構わない。二人で支え合って生きていければいいと思う。しいていえば、春になったら一緒に桜が見たい。誰かが傍《そば》にいれば、桜を見ても胸がざわしなくなると思う。

けれど、結婚というのは、一人の希望だけでは成立しない。自分のプロフィールを気に入ってくれた男性と実際に会うところまでいっても、その先にはなかなか進めない。婚活とはそういうものだと頭でわかっていても、断られるのは精神的ダメージが大きい。自分の人格や、これまでの人生を否定されているような感覚を抱く。

世間で言う、人並みの幸せというのは、とても難しい。

口の中に結婚相談所で飲んだコーヒーの苦みが残っていた。

私の足は自然とある方角に向いた。


「いらっしゃいませ。あ、山田さん、こんにちは」

結婚相談所に行ったあと、いつも寄るところがある。

沈んだ気持ちを癒《いや》してもらえる場所。初めて結婚相談所に行った帰りに偶然見つけた。髭《ひげ》をたくわえたマスターが一人で経営しているカフェ〝La《ラ》 queue《クウ》 du《デュ》 chat《シャ》〟。フランス語で「ネコの尻尾」という意味らしい。

その名のとおり、店内のあちこちにネコの尻尾をモチーフにした、ぐるぐる巻きのデザインが見られる。一階と二階が吹き抜けになっていて、天井が高く、開放感がある。一階の奥にはピアノが置かれていて、マスターの知り合いのピアニストが演奏することもある。

窓際《まどぎわ》の席に座ると、マスターが水を持ってきた。見た目は三十代か四十代だけど、正確な年齢はわからない。

「いつものでいいですか？」

マスターの落ち着いた声が耳に心地よい。いつもの、というのはマスターのその日のおすすめコーヒーのことだ。

「はい。砂糖とミルクたっぷりで」

「かしこまりました」

マスターは注文を受けてから、豆を挽《ひ》き、丁寧《ていねい》にドリップ抽出《ちゅうしゅつ》する。その一連の作業を観察するのは楽しい。抽出されるコーヒーを見つめるマスターの真剣なまなざし、彼の武骨な大きな手。大人の男性が自分のためにコーヒーを淹《い》れてくれるという特別感。

結婚相談所の酒井さんは「料理好きな女性はもてます」と力説していたけれど、料理好きな男性も同じくらいもてるのではないかと思う。仕事に疲れて帰宅したとき、マスターのような男性が家にいて、コーヒーを淹れてくれたり、料理を作ってくれたら、それこそ至福だ。

「お待たせいたしました」

低い声が響き、木製のトレイが目の前に置かれる。アンティークのカップに入れられたコーヒー。ソーサーにネコの尻尾のようなぐるぐる巻きのクッキーが添えられている。口数が少なく、不愛想に見えるマスターの、ひそかな遊び心。

何より、このコーヒーの味にいつも驚かされる。どうしてマスターは私の好みを、こんなにも熟知しているのだろう。

「おいしい……」

独り言のように呟《つぶや》くと、窓に映ったマスターがうれしそうな顔をしているのが見えた。私の反応にマスターが喜んでいる。そのことで、また幸せな気分になれる。

ゆったりと流れるジャズの音楽に、芳醇《ほうじゅん》なコーヒーの香り。この時間はとても贅沢《ぜいたく》だ。

個人的に話すことは滅多《めった》にないけれど、マスターは私が結婚相談所に通っていることを知っている。この店には、相談所帰りの人たちがよく立ち寄っているし、私もここで婚活のパンフレットを読んだことがある。だけど、名前を覚えてもらって、挨拶《あいさつ》を交わす関係になっても、マスターはお客のプライベートなところに踏み込んでこない。その距離感が心地よい。

酒井さんに言われた幸せのオーラというのは、このカフェの居心地の良さのようなもののことかもしれない。マスターのような人と一緒に生活できたら、確かに幸せだろうなと思う。

雑誌か何かで読んだのだけど、三十代というのは、自分の人生をふりかえる年齢だそうだ。それは本当だとつくづく思った。私も三十代になり、やっと自分の過去をふりかえった。ふりかえる余裕ができたというのが正しいかもしれない。

けれど、それがよかったのか悪かったのかわからない。

人生をふりかえり、世間一般でいうところの幸せを、自分が何ひとつ手に入れていないことに気づいてしまった。それを手に入れるのが難しいことも。

「千三百五十円です」

ショーケースに飾られていた焼き菓子を三つ注文し、会計で二千円を渡すと、私の手は一瞬、マスターの大きな手に包まれる。あたたかく、やわらかい感触のあと、手の中におつりとレシートがあった。

「お待たせしました」

続いて持たされた袋の中に、焼き菓子と——一枚のＣＤが入っていた。

HIBIKI　SAKURABA？

「マスター、これ……」

「山田さん、以前、うちのＢＧＭに興味があるって言ってましたよね。これ、よかったら聞いてみてください」

マスターの言葉に私の心臓が跳ねる。そんな小さなことを覚えていてくれたなんて——。

「あの、お金払います」

「いいですよ。いつも来てくれるから。サービスってことで。最近、売り出し中の若手ピアニストなんですけど、彼女のジャズ、最高にいいんです」

「でも——」

どうしてマスターはこんなにも親切にしてくれるんだろう。親切にされると、変に意識してしまう。困惑していると、

「そのピアニスト、マスターの長年の片思いの相手なんですよ。で、こうやって彼女のCDを周りに配って、布教しているの」

カウンター席に座っていた常連客がいたずらっぽく笑った。

「マスター、ずっと独身だから、どんな人とだったら結婚するかって訊いたの。そしたら、桜庭響《さくらばひびき》だったら考えるって。ほら、彼女すっごい美人でしょう?」

「からかわないでください。あ、山田さん、本気にしないでくださいよ」

そう言うマスターの顔は真っ赤だ。三十代だから、その言葉を冗談だと思って受け流すふりはできる。でも、やっぱり少しだけ胸は痛んだ。

（そう……だよね。マスターが私に気があるわけないし。私はただのお客さんだし……）

CDのジャケットの桜庭響はピアノの前に座り、ほほえんでいる。長くきれいな黒髪。スレンダーな肢体にシンプルなドレス。けれど、圧倒的なオーラが感じられる。自信と、幸せに満ちた顔。

「幸せオーラか……」

どうすれば、自分の体から発散できるのかわからない。

物心ついたときから、うちは借金の返済に追われていた。五年前、父が亡くなったことで、債務整理をし、やっと借金から逃れることができた。けど、幸せオーラが出るまでにはいたらない。人並みに幸せになりたいと思う。でも、幸せのなり方を私は知らない。

二

結婚相談所に行った翌日、入院中の母のお見舞いに病院に行った。

「尚子、ほら、病室の窓から中庭の桜が見えるのよ。まだ三分咲きだけど。最近、あたたかくなったから、来週か再来週あたりきれいに咲くでしょうね」

四人部屋の窓際のベッドに横たわる母は、思ったより元気そうだった。道の段差につまづいたときにくるぶしを骨折した。捻挫《ねんざ》だと思いこみ、すぐに病院に行かなかったのが災いし、ほかの場所も痛めて全治六週間。左足をギプスで固定されているが、ほかは健康そのものだという。

弁当屋のパートをやめないといけなくなって、落ち込んでいるかと思いきや、

「ああ、入院してよかったわ。こんな特等席で桜が見られるなんて」

母のこの楽天的な性格が昔からうらやましかった。桜を見ても、母の胸はざわざわしないらしい。

「お父さんが見たら喜ぶわね。お父さん、桜が好きだったから」

「そうだね」

「昔、うちに桜があったのよ。尚子が小さい頃だから覚えていないかもしれないけど」

「覚えてるよ。ボヤで焼けちゃったやつでしょ」

「あの桜、どうなったかしら。引っ越してから一度も見に行ってないんだけど」

「さあ」

「ねえ、今度一緒に見に行ってみない？」

「行かない」

「なんで？」

「あの辺、古い建物は取り壊されて、新しい住宅街になったそうなの。そんな古い桜の木なんてとっくに撤去されていると思う」

「あれだけ灰を撒いたんだもの。今頃満開かもしれないわよ」

「お母さん、灰を撒いても、桜の花は咲きません。咲いたのは物語だから」

「あら、灰を肥料とする農法はあるのよ。焼畑農業だってそうじゃない。お父さん、そういうの詳しかったのよ。そういえば、結婚前のことだけど——」

母の話はいつも脈絡がない。そして、その話の大部分は、思い出で構成されている。

「お母さん、お茶淹れたから、一緒にフィナンシェ食べよう」

昨日、カフェで買った焼き菓子を母の目の前に並べる。母の話を早く切り上げたかった。が、

「フィナンシェ？」

母はあからさまに嫌そうな顔をした。

「尚子、私はいらないわよ。こんな贅沢。亡くなったお父さんに申し訳ないもの」

「そんなこと言わないでよ。このお店、コーヒーもスイーツもおいしいの。髭のマスターがすごくいい人でね。ちょっと映画俳優の誰かに似ていて……」

「尚子！　お父さんが食べられないのに、私が食べるわけにはいかないわよ」

「お父さんにも買ったよ。お父さんには日持ちのする焼き菓子。今度、家に寄ったときに仏壇にそなえるから」

「でもねえ……。やっぱり私には贅沢すぎるから、持って帰って、尚子が食べて」

「お母さん！」

押し問答の末、仕方なく、私は二人分の焼き菓子を袋に戻す。

いつもこうだ。お土産《みやげ》を持っていっても、頑《かたく》なに拒否される。母には一緒に食べる楽しみがない。本人はよかれと思っているのかもしれないけれど、断られた私がどういう気持ちになるか、考えようとしない。

いつもこれだから、私の幸せオーラは、出ることもなく、すぐにひっこんでしまう。

「それより尚子、そろそろどうなの？　ねえ」

帰り支度をしていると、母は何やらもぞもぞした。

「次の仕事？　来月から派遣の仕事が決まったよ。電話のオペレーターだけど」

「そうじゃなくて……結婚のことよ」

それか、と私は母の顔を見る。母は私が婚活中であることを知らない。驚かせるつもりで結婚相談所に入会したまま、言いそびれてしまった。

「お母さん、尚子の年のときには結婚して、お腹《なか》に尚子がいたわよ」

「昔と今は時代が違うの。結婚しなくても幸せな人っているよ」

「でも、お母さん、早く尚子の花嫁姿見たいもの」

私は心の中で溜め息をついた。三十代に入り、結婚しないといけないと思ったのは、母のすりこみもあるのかもしれない。母は女性にとって結婚が最良の幸せという、一世代前の考えを強く持っている。

ご機嫌な顔で、結婚を語る母を見ると、桜の花を見たときと同じように、胸がざわざわする。母は今の時代、結婚がどれほど難しいか知らない。なぜ、私が結婚できないのか、その理由を考えてみようともしない。

「お母さん、そんなこと言っていいの？　私が働かなかったら、うちの家計は大変でしょう？　私が結婚して、遠くに住んだら、誰がお母さんの身の回りの世話をするの」

冗談めかして言ってみたけれど、母は真顔だった。

「お母さんは大丈夫よ。お父さんが亡くなったあと、パートを掛け持ちして、ちょっとは貯《たくわ》えもできたし。だから、尚子は早くいい人を見つけなさい」

病院を出ても、胸がざわついたままだった。

母の天真爛漫《らんまん》な笑みは、昔から私を不安にさせる。

結婚には憧《あこが》れる。でも、結婚に不安もある。矛盾《むじゅん》しているようだけれど、借金の返済に追われた父と母の結婚生活は、娘の自分から見て、幸せなものとは思えなかったから。

もう一つ、胸がざわつく理由がある。

私は母より努力している。婚活をがんばっている。がんばって、生涯の伴侶《はんりょ》を見つけようとしている。でも、母でさえ簡単にできたことが、なぜ私には難しいのだろう。

三

「山田様、お見合いパーティーに参加されてはいかがですか？」

その夜、結婚相談所の酒井さんから電話があった。

「弊社《へいしゃ》でもいろいろな婚活イベントを企画しています。スポーツ大会とか、料理教室のようなものもあります。確か、山田様は入会なさってすぐの頃、二、三度しか参加されていませんよね。来週、お見合いパーティーがあるんですが、平日開催ですので、まだ空きがあるんですよ」

「お見合いパーティーは、ちょっと――」

「山田様、何事も経験ですよ。やらないで後悔するより、やって後悔したほうがいいですよ。それに、山田様の良さは実際に会って話さないとわからないと思うんですよ」

酒井さんは相変わらず、調子がいいことを言う。

私がお見合いパーティーに乗り気でないのは、最初のパーティーで苦い思いをしたからだ。入会して一カ月は参加費が割安だったため、すすめられ、行ってみた。

それは、噂に聞く、回転寿司形式のパーティーだった。座っている女性の周りを、男性が回転寿司のように席移動しながら、お互いの自己紹介をするシステムで、出席者は男女二十人ずつ。一人当たりの会話時間は五分もなかったように思う。

その後、気に入った人と自由に会話ができるフリータイムがあった。フリータイムでお目当ての相手と会話をし、会場のスタッフから渡された紙に、気に入った相手を第三希望まで記入する。お互いに希望が合えば、カップル成立として発表される。でも、その場所は、華やかな——一種の戦場だった。

そのときの苦い思い出が蘇《よみがえ》り、思わず首を横にふった。

「だめです。酒井さん、私、あの場所は絶対向いていないんです」

「それは山田様が武器を持たずに丸腰で行ってしまったからですよ。今回は私もしっかりサポートしますから」

「いや、酒井さん、無理ですって」

「山田様、私もいろいろ考えてみたんですけれど、初回のパーティーでうまくいかなかったのは、失礼を承知で申し上げますが、山田様のプロフィールカードの書き方にも原因があったんじゃないかと思うんですよ」

「プロフィールカード……ですか？」

プロフィールカードとは、お見合いパーティー開始前に、直筆《じきひつ》で書く簡単な自己紹介カードのことだ。氏名、年齢、職業といった個人情報のほかに、趣味や特技、得意料理や休日の過ごし方などを書く。

着席型のパーティーでは、カードに書かれている内容をきっかけに会話をするため、できるだけ具体的に書くように指示された。が、何を書いたかは正直、記憶にない。

「私がそのとき傍についていれば、山田様にアドバイスできたと思うんですが、山田様、自己ＰＲの欄に『早く結婚して、高齢の母を安心させたいです』って書かれたんですよ」

酒井さんの口調はあきれ半分、怒り半分だった。なぜ、酒井さんが怒っているのかわからない。母が高齢と書いたのがいけなかったのだろうか。

「正直なところを書いたのですが……」

「山田様、これを読んだ方がどういう反応をすると思われますか？」

「どうって……」

「重っ！　ですよ」

酒井さんは一呼吸おき、溜め息まじりに言った。

「……重い……ですか？」

「重いです。ドン引きです」

「そんなに！」

「こんなの読んだ瞬間、相手は去っていきますよ。母親のために結婚したいなんてメッセージに好印象を抱く人は、既婚者か、よっぽどの年配者だけですよ。前から思っていたのですが、山田様、考え方にちょっと古風なところがあるんですよね」

それは自分でも自覚している。還暦《かんれき》をすぎた母の影響だ。

「何よりこの自己PRメッセージの問題は、山田様ご自身に結婚したいという積極的な意志が見られないことです。下手すると、相手は誰でもいいと思われかねません」

「はあ」

「繰り返すようですが、結婚相談所に登録する男性の大半は、結婚生活に対して理想を抱いています。高齢の親という話題を出すと、母子《おやこ》関係や、その後の結婚生活をネガティブにとらえられてしまいます」

「そう……ですね」

「それから、質問事項に『わかりません』もよくないですよ」

「書いてました？」

「ええ。『人生で一番楽しかった思い出』という質問、覚えていません？」

そういえば、そういうのがあった気もする。

「山田様、細かいところに気を配れば、今度こそパーティーできっとうまくいきますから。参加するだけでも、気晴らしになると思いますよ。仮予約しておきましょうか？　前日までのキャンセルは無料ですから」

酒井さんは押しが強い。ぐいぐい迫ってくる。

「でも、今月これ以上の出費は……。パーティーに着ていけそうな春服もないですし」

「山田様」

酒井さんはぴしゃりと言った。

「男女がつきあうのは、そもそもお金がかかるものですよ」

「はい」

「普通に知り合って、結婚にいたるまでも、食事代やデート代がかかります。人によっては十年以上その出費を重ねたうえで、ようやく結婚という人もいます。それを考えると、パーティーの参加費など、破格です。パーティー用の服も、今後のこともありますから、ちゃんとしたものを買っておかれたほうが何かと便利ですよ」

パンフレットを送っておきますから、の言葉で酒井さんは電話を切った。彼女の勢いから、パーティーの参加者にキャンセルが出たので、急遽《きゅうきょ》穴埋め要員をさがすために電話をしてきたとも考えられた。そう勘ぐれるくらい、酒井さんとのつきあいは長い。

「人生で一番楽しかった思い出……か」

布団に入り、目を閉じ、考える。婚活は就活に似ている。面接にそなえて、あらかじめ傾向と対策を練っておかなくてはならないところが同じだ。

人生で一番楽しかった思い出——この質問に答えるのは難しい。

酒井さんにしっかり話せていないけれど、うちは長年、借金の返済に苦しんでいた。

私が生まれる前、四十代だった父は脱サラして、母と二人で父の地元の長野で小さな食堂を開いた。料理人になるのは父の夢だったという。開店して何年かは、母にとって人生で一番、幸せなときだったらしい。店はそこそこ繁盛《はんじょう》したけれど、私が生まれてすぐ、店を畳《たた》むことになった。父が多額の借金を抱《かか》えたからだ。

父は何も悪いことをしていない。ただ、友人の借金の連帯保証人になっただけだ。でも、その友人夫婦が事業に失敗して夜逃げし、父が借金を全額肩代わりすることになった。世間でよくある話だ。

実際のところ、借金の総額がいくらあったのか、子供の自分には知らされなかった。が、店舗や、当時購入したばかりの新居を売却しても、全額返済にはいたらなかった。私たちは住むところを失い、借金の取り立てから逃げるように、各地を転々とした。

父は闇金にも手を出した。高い利子のせいで、借金はどんどん膨《ふく》らみ、父一人の手には負えなくなっていた。家には借金の督促《とくそく》電話が鳴り響き、こわい大人たちが家にやってきた。

父と母は親戚中に頭を下げてお金を借り、死にものぐるいで働いた。父と母は冗談が好きで、どんな状態でも笑い合っていたけれど、私はそんな余裕を持てなかった。

私には当時の記憶はほとんどない。つらすぎて、脳の機能が麻痺《まひ》したのだと思う。

父は気苦労と、慣れない仕事のせいで、持病を悪化させ、ときどき寝込むようになった。アルバイトができる年齢になると、私も働いて家計を助けた。稼いだお金は吸い取られるようになくなった。身なりを気にする余裕もなかった。何かに追い立てられるように生きてきた。それが終わったのは、五年前。父が亡くなったときだった。

父の負債は、父の相続を放棄《ほうき》することで、消えた。人の好い父は、夜逃げした友人夫婦がいつかお金を作って戻ってくると、いまわの際まで信じていた。けれど、そんな夢のようなことは起きなかった。

父の死後も、父の借金の保証人となった母にまだいくばくかの借金が残っていたが、債務整理のあと、二人で働いて、昨年、ようやく返済し終えた。そうして、私はやっと自分の人生を手に入れた。だけど、そのときには三十代になっていた。

借金返済の渦中にいたときは、お金を稼ぐことしか考えられなかった。だから、自分の将来、結婚のことを考えられるようになったということは、絶望的な状態から抜けられたということではあるのだけれど、「人生で一番楽しかった思い出」はまだない。

寝る前に、マスターにもらった桜庭響のCDを聞く。

ジャズが流れると、部屋がなんとなくカフェらしい雰囲気になる。

音楽の良し悪しは正直わからない。クラシックとジャズのなにが違うのかもわからない。

ただ、マスターがすすめてくるから、いいのだろうなと漠然《ばくぜん》と思うだけだ。

桜庭響のことを話したときのマスターの顔を思い出す。からかわれて、子供のように真っ赤になっていた。意外とかわいらしいところもあるんだなと思う。

彼に想《おも》い人がいたとしても、傷つくほどではない。高校生くらいのときなら、友達と過剰に騒ぎ合って、慰《なぐさ》めてもらったかもしれないけれど。現実はわかっている。

だけど、少しくらい、妄想する自由は許してほしい。もし――もう少し、早くカフェに行って、マスターと知り合えていたら、マスターは自分に興味を持ってくれただろうか。

もし、私が桜庭響のような美人だったら――。

想像しながら、私は目を閉じた。


惣菜屋《そうざいや》でのパートのあと、母の見舞いに病院に行った。

店長にもっと勤務時間を増やしてほしいと相談された。そうしたいのは山々だけれど、前の派遣先を解雇されたあと、失業保険をもらっている。失業保険の給付期間中は、週に二十時間未満の労働しかできないという規定がある。

売れ残りのフルーツ盛り合わせを持っていくと、

「いらないわ。尚子が食べなさい」

やはり母に断られた。母の態度にいらっとしてしまうのも、心にゆとりができたからかもしれない。昔は母の態度にいらいらする余裕もなかった。

「ねえ、尚子、見て。桜が少しずつ咲いてきたの。あたたかくなったからね」

母はうっとりと窓の外の桜を見つめる。桜を見ると、私の胸がざわざわすることを、母は知らない。

「尚子、これ、うちに寄ったときに、お父さんにあげて」

母は枕元に置いてあったせんべいの箱を差し出した。賞味期限を見ると、一カ月先だ。

「それ、お見舞いで、お母さんがもらった物でしょう?」

「いいのよ、私は贅沢はしないの。お父さんに申し訳ないから」

「お父さんは食べられないでしょ。それにすぐ食べないとまた古くなって……」

「いいの。お父さんにお供えして。退院したら、私が食べるから」

そう言うけれど、仏壇に供えられたお菓子にも、母は結局、手をつけない。

「尚子、そうそう、隣の人なんだけどね」

カーテンがしまっている隣のベッドの人に気をつかい、母は声の調子を落とす。

「知ってる？　上の娘さん、最近、結婚したんだって。でも、婚活に五十万も使ったって」

私は内心、大きな溜め息をつく。母は昔から噂話が好きだ。

母は何事もすぐ大袈裟《おおげさ》にとらえるけれど、成果報酬《ほうしゅう》として、婚約時に三十万ほどの成婚料を支払うシステムの結婚相談所もあるから、その金額が一概に高いとも言えない。

「そのくらい、普通じゃないの？　お母さんのときとは時代が違うし。今はなかなか出会いがないから、私の周りでも婚活やっている子いるよ。私も……ちょっとはじめてみたんだけど」

母を喜ばせたくて、思い切って打ち明けてみたけれど、母の反応は思っていたものと違った。母は呆然《ぼうぜん》と目を見開いた。

「尚子、そんなことにお金使ってるの？」

「そんなことって……」

さすがにむっとした。結婚をすすめてきたくせに、婚活をしていると言ったら、これだ。

「尚子、まっとうに、正直に生きていれば、そのうちいい出会いがあると思うの。お母さんだって、お父さんと出会えたし」

母が言うそのうちっていつのことだろう。三十代の自分は、とっくに結婚適齢期を過ぎているというのに。

胸がざわざわすると、いつもは言わない意地悪なことが口をついて出る。

「お父さんなんて、借金したじゃない」

「お父さんは悪くないのよ。ただ、友達に頼まれて連帯保証人になっただけ」

「お金の貸し借りは人間関係を壊すって、小学生でも知っているよ。連帯保証人なんて……」

そのせいで、家族がどれだけ苦労したことか。

「ねえ、お母さん、三十年以上、借金を返し続ける結婚生活がよかったと言えるの？　借金の返済にしたって、もっと簡単に楽になる方法があったじゃない」

「尚子、そういうのは、今、借金から解放されたから考えられるのよ。がんばって借金を返せたんだからよかったじゃない。お父さんには申し訳なかったけれど」

母ががんばったのは、確かだ。いくつかの仕事を掛け持ちし、夜遅くまで働いて借金を返した。でも、がんばったのは母だけではない。父も母も、当たり前のように娘にも労働を強《し》いた。別に働けと言われたわけではないけれど、そうしないといけない空気感だった。

「尚子、正直に、まっとうに生きていれば、絶対に大丈夫。婚活にお金なんて使う必要はないわよ。お母さん、そこまでして尚子に結婚してほしいと思わないわ」

外の桜が揺れると、私の心も揺れる。胸がざわざわする。母の言葉は矛盾《むじゅん》だらけだ。

母は何もわかっていない。わかっていないのに、わかった顔をして理想を語る。

まっとうに生きていても、むくわれないことは多々ある。

正直に、まっとうに働いた父は、家族に迷惑をかけて死んだ。まっとうに働いて、家族の借金を返してきた私は、世間一般の楽しみと縁のない生活を送った。バイトが忙しくて、学校の成績は中より下。親しい友達もできなかった。まともにつきあった人もいない。借金があると知ると、人はいなくなった。

誰も悪くない、と母は言う。確かに今更犯人さがしをしても仕方のないことかもしれない。でも、無事に借金が返せたからといって、すべてが帳消しになるわけではない。母のように肩の荷が下りたと前向きな気分にはなれない。

母に会うと、少し、上向きになった気持ちは簡単に揺り戻される。

病院の帰り、電車の窓に映った自分の顔をふと見たとき、ぞっとした。

目の下には隈《くま》が浮き、ほうれい線が深く刻まれている。まだ三十代なのに、年よりずいぶん老けて見える。

借金がなければ、こんな顔にはならなかった。借金がなければ、美容にお金を使うことができた。もっと、別の人生を送ることができた。

桜を見て、胸がざわつくこともなかった。

私は、ただ普通の幸せがほしい。

夜遅く帰宅すると、郵便受けに自分宛の封筒が入っていた。

一カ月ほど前から、私は母のもとを離れ、派遣会社が管理している社宅に住んでいる。小さいキッチンのついた、ワンルームマンション。自分の現住所を知っているのは、母と派遣会社の人、結婚相談所の人くらいだ。

誰からだろうと、部屋に行く階段を上りながら考えたところで、思い当たった。

先日、担当の酒井さんにすすめられた婚活イベントのお知らせだ。

(そういえば、パンフレットを送るとか、お見合いパーティーの仮予約がどうのこうの言っていたっけ……)

部屋に入り、電気をつける。私の部屋は殺風景で、必要最低限の物しかない。誰も家に来ないから、室内に洗濯物が平気で干してある。男性が来ることなど想定していない部屋。幸せオーラのなさはこういうところにもあらわれるのかもしれない。

洗濯物を取り込み、室内着に着替えてから、手紙の封を切った。中に入っていたのは招待状。見出しの太字が目にとびこんできた。

〝The Life Trade ～あなたの人生を交換します～

ライフ・トレード社は、あなたの幸せを応援し、人生の再スタートをお手伝いします。

パーティー当日はあなたらしい服装でお越しください〟

（ライフ・トレードというのは、婚活イベントの企画会社の名前なのかしら……）

何気なく文面を読んでいた私は、そのパーティーの日時を見て、目を疑った。

（え？　明日の午前十一時？）

おまけに、無断キャンセルの場合、参加費の一〇〇％を請求するとの注意書きがある。

（なにこれ。こんなの、申し込んだ覚えはないけど……）

念のため、その参加費とやらを確認する。招待状の裏に小さく書いてあった。

〝参加費　三十万円〟

「さ……三十万円……？」

体中の血の気が一斉にひいた。

いつ、こんなのに登録したんだろう。

（そうだ。酒井さんに確認しないと――）

担当の酒井さんに電話をする。が、深夜で営業時間外だからつながらない。パーティーが行われる明日は、結婚相談所の定休日だ。パーティーまでに酒井さんと連絡が取れる可能性は少ない。ネットで「ライフ・トレード」を検索するが、一件もヒットしない。参加した人の感想も見当たらない。ということは、これは詐欺《さぎ》の可能性もある。

私はもう一度、招待状の文面を読み返した。

〝無断キャンセル、一〇〇%〟

この文句だけが重くのしかかる。

コーヒーを飲んで、深呼吸する。落ち着け。こういう修羅場《しゅらば》はこれまでも数々潜《くぐ》り抜けてきた。父も母も、お人よしで騙《だま》されやすかった。だから、その人柄につけこんで、うさんくさい人たちが次々とあらわれた。宗教の勧誘だったり、あやしい健康グッズを売りつけに来たり。それを追い返したのは、子供だった自分だ。

詐欺のＤ　Ｍ《ダイレクトメール》なら、警察に通報すればいい。しかし、詐欺にしては、その招待状は上質な紙でできていた。もしかすると――本当に「ライフ・トレード社」というのがあるのかもしれない。

主催者やパーティー内容は特定の会員にしか知らされていない、一般に非公開のパーティーもある。参加費が三十万円というのは、どう見ても高額すぎる。が、富裕層をターゲットにした、高額の参加費をとるパーティーがあるというのを聞いたことがある。

そうだ。山田尚子はよくある名前だから、別の山田尚子さん宛の招待状が間違ってうちに届けられたのかもしれない。そうだ。きっとそうに違いない。

そう考えると、少しだけ不安がやわらいだ。

けれど、この招待状を無視することはできなかった。自分に関係ない以上、スルーしたほうがいいのはわかっている。が、借金を負っていたとき、督促状を無視すると、取り返しのつかないことになった。招待状に電話等の連絡先は書かれていないが、幸い、集合場所は、そう遠くない場所だ。明日、会場に行って直接、断ろう。私はそう決意した。

これが詐欺だとしたら――警察に通報すればいいだけのこと。詐欺に遭《あ》いそうになったとき、大事なのは、断る意志をしっかり示すことだ。そして、万が一のトラブルを見越し、現地での会話のやりとりを録音する。昔、弁護士の先生に教わった。

私はその招待状をバッグの中に入れた。

翌朝。

病院の母の携帯に、予定より遅くなるとメールし、私は「ライフ・トレード」のパーティーの集合場所に向かった。クリーニングから戻ってきたスーツとトレンチコートで身を固めて。

（そこに酒井さんがいてくれればいいんだけど……）

戦場に赴《おもむ》く気分だった。

ところが。

（ここが……パーティーの集合場所？）

住所はあらかじめ地図アプリで調べてきたが、そこにあるはずのビルはなく、ビルがあったと思われる場所は、駐車場になっていた。人に訊《き》くにも、辺りには誰もいない。

(騙されたのかしら……)

キツネにつままれた気分で、招待状を見直していると、背後から肩を叩かれた。

「きゃっ」

ふいのことだったので、思い切り大声をあげてしまう。

「驚かせて申し訳ございません。失礼ですが、山田尚子様でしょうか」

そこには長身の黒いスーツの若い男性が立っていた。彼はかけていたサングラスをさっと取った。鼻梁《びりょう》の通った端整な甘いマスクがあらわになる。

思わず、まじまじと見つめてしまった。結婚相談所のスタッフでは見ない顔だ。提携しているほかの結婚相談所のスタッフだろうか。

彼はにこやかにほほえんだ。

「お待ちしておりました。私、山田様の担当のAと申します。これから山田様をパーティー会場へご案内いたします」

「エイ……、永《えい》さん……ですか?」

「はい。どうぞこちらへ」

彼は背後の車を指した。ピカピカの黒塗りの高級車だ。それに乗れということらしかった。

「待ってください。パーティーに行くつもりはありません。この招待状を返しに来ただけなんです。パーティーに申し込んだ覚えはないのに、間違って送られてきたんです。たぶん、酒井さんが先走ってしまったか、もしくは同姓同名の人違いで……。こんな高額な参加費を払った覚えはありませんし、あとで請求されても困ります」

　永さんは差し出した招待状を見直すことなく、言った。

「いいえ、あなた様で間違いありません。承《うけたまわ》っております。山田尚子様は特例のゲストです」

「特例？」

「ええ、特例で私どもの審査を通過した、特別な方です。参加費を支払われた方がその権利を別の方に譲渡したいとおっしゃいまして。厳正な審査の結果、あなた様が選ばれたのです。ですから、山田様が三十万円を支払う必要はございません。大変、幸運なことなんですよ」

　永さんの言葉に驚いた。

（このパーティーの参加費、本当に三十万なんだ……）

　それを聞き、私は気を引き締めた。幸運――その言葉は詐欺でよく使われる。スパムメールでもよくある。うまい話には裏がある。その言葉に両親は騙され、借金に借金を重ねた。どういう経緯《けいい》で私が選ばれたのかわからないけれど、この話はどうもうさんくさい。

「お断りします。本人の許可なく、勝手に申し込むなんて……困ります。それも突然、一方的に招待状を送りつけてきて」

「もしや、辞退されるおつもりですか？」

永さんは美しい目を見開き、意外そうな顔をした。

「もちろんです。念のため確認しますけど、参加費は支払い済みということですから、私がキャンセル代を払わないといけないってことはありませんよね」

「ええ、山田様」

「パーティー後に費用が発生することもないですよね。変な契約をさせられることは？壺《つぼ》を買わされたりすることは？」

「疑り深いのですね」

永さんはくすりと笑った。笑うと少しだけ幼さが見えた。

「負債を抱えたくないだけです」

「ご安心ください。当パーティーに参加しても、しなくても、山田様が負債を抱えることはありません。ただ——当日にキャンセルされるとなると……ちょっと困りますね」

永さんは考え込んだ。なるほど、婚活パーティーで男女の人数に差が出るのは、問題なのかもしれない。ややあって、永さんはこう提案してきた。

「どうです？　何でしたら、お食事を召し上がるつもりで、参加だけされませんか？」

「食事？」

「ええ、会場には一流シェフによる、豪華ビュッフェをご用意しております」

「というのは、食べ放題……ですか？」

「はい。参加していただけると助かります」

永さんはにこにこと私の顔を見た。食べ放題と聞いて、私のお腹が反応する。そういえば、朝食をとらずに家を飛び出してしまった。

うまい話には裏があるのはわかっているけれど、永さんの顔を見ると、不思議と警戒心が薄らいだ。彼は独特の空気を漂わせていた。

「本当に大丈夫なんでしょうね。……ランチ代をあとで請求されることは？」

私はバッグの中のスマホをさりげなく、確認した。これまでの会話はすべて録音されているはずだ。

「ございません。事前の説明に少々お時間をいただきますが、パーティー自体は二時間を予定しております。終わりましたら、私が責任をもって、山田様をご希望の場所までお送りいたします」

永さんは誠意ある態度を崩さなかった。そういえば、酒井さんにもお見合いパーティーに参加するようにすすめられた。チャンスは自分で積極的につかまないといけない。だけど――。自分の服装に視線を落とすと、永さんは笑った。

「ご心配ありません。招待状に記載したドレスコードを満たしています。山田様らしいお召し物です。大変お似合いですよ」

「お似合いだなんて……こんなよれよれ……」

ブランドに詳しくないから、永さんが着ているスーツがどこのものかはわからない。けれど、質がいいのはわかる。ラインがとてもきれいで、永さんのすらりとした肢体《したい》に似合っている。片や、自分のスーツは量販店で買ったもの。似合う、似合わないは二の次で、予算内におさめただけの、どこにでもあるスーツ。永さんと一緒にいると、縫製《ほうせい》や生地の質の悪さが際立つ。大切に着てきたつもりだけど、袖《そで》には毛玉が見えた。

「山田様、世の中のすべての人が見た目で人を判断するわけではないのですよ。私どものパーティーにいらっしゃる方々は、ありのままの山田様に興味を持たれると思います」

「ありのままの私？」

しつこいようだけれど、私は確認せずにはいられなかった。

「本当に一円も払えませんからね」

永さんは笑い、車のドアを開けた。

「承知しております」

「では、簡単な健康診断をさせていただきます」

　永さんに案内された場所は、大規模なマンションか、ホテルを思わせた。だけど、地下駐車場を出て、エレベーターに乗っても、その建物名や住所の手がかりとなるものはどこにも記載されていなかった。スマホは圏外になっている。ふかふかの絨毯《じゅうたん》に足をとられながら、目もくらむような豪華なロビーを通り、個室――待合室に案内された。座るように指示されたソファはふかふかで、どうも落ち着かない。

　永さんは私の血圧を測ったあと、鞄《かばん》の中から血液検査キットを取り出した。

「血液検査……ですか？」

　婚活イベントでこんなことをされるのは初めてだ。

「はい。費用は参加費の中に含まれております」

　私の手を取り、軽く指をマッサージすると、消毒布で指先を拭《ふ》き、ランセットを指に押し当てる。チクっとした痛み。出てきた血液を吸引器で吸い取り、シリンダーに入れる。

　永さんは手際がいい。

「お客様の中には、目先の情報だけでは信頼できないとおっしゃる方もいらっしゃいます。成約後に、問題があると困りますから」

「ああ……なるほど」

問診を受けたあと、

「山田様は当パーティーには初めてのご参加ですので、僭越《せんえつ》ながら、こちらで山田様のデータを調べさせていただきました。間違い等ございませんでしょうか」

タブレットを渡され、パーソナルデータを確認する。年齢、住所、最終学歴、身長、職業、年収――結婚相談所に入会したときに提出したものと同じ内容だ。

「はい、大丈夫です」

「では、こちらにご記入をお願いいたします」

そう言って、渡されたのは、お見合いパーティーでおなじみのプロフィールカードだ。

上から順番に質問事項を埋めていったが、質問の中にはやはり答えにくいものもある。

私は、読む人の気持ちを想定した答えを考えるのが苦手だ。

「休日の過ごし方……って、読書とか音楽鑑賞にしておいたほうが無難ですよね」

傍に控えている永さんに確認すると、

「取り繕《つくろ》う必要はございません。ありのままをお書きください」

「でも、私、特に何もしていないんです。パートに行ったり、入院している母の見舞いに行ったり……つまらないですよね？」

「大丈夫です。それがつまらないかどうかは、相手が判断しますから」

「そう……ですか」

担当が違うと、プロフィールカードに対する姿勢も違うのだろうか。とはいえ、永さんのおかげで、ほとんどの項目を埋めることができた。

ただ、記入事項にはいくつか見慣れない項目があった。たとえばこういうものだ。

【希望相手】男性・女性・どちらでも・未定

（このご時世だから、同性のパートナーを希望する方もいるのかしら）

男性に○をつけようとすると、「山田様は初めてのご参加ですので、未定で結構ですよ」と永さんが声をかけてくる。とりあえず、永さんの言うとおり、未定に○をつける。

（男性でいいんだけど……）

そしてもう一つ、理解できないのがこの質問だ。

【人生に絶望したとき、その理由】

なぜ、こんなネガティブな質問があるのだろう。この回答で、どんなことがわかるというのだろう。借金地獄《じごく》などと書いたら、相手に引かれるのではないだろうか。

思案していると、永さんが穏やかに言った。

「そんなに難しく考える必要はございません。どなたでも、一度や二度、人生に絶望したことはあると思います。それを正直にご記入ください。この会場にいらっしゃる方は、生《なま》半可《はんか》な絶望では動じない方々ばかりですから、どうかご安心ください」

そう言われ、気が楽になった。と同時に、このパーティーの参加に否定的だったのに、いつの間にか真剣にプロフィールカードを記入している自分がにわかに恥ずかしくなった。

そうだ。自分に声をかけてくる人など、いなくてもともと。だったら、飾り立てたり、脚色するより、素直な気持ちを書こう。

プロフィールカードを書き終えたあと、ナンバープレートが渡される。私の番号は一三五。ということは、少なくとも一三五人の参加者がいるということだ。

「山田様、このパーティーの参加者には、世間で有名な方も多くいらっしゃいます。ですので、個人情報保護のため、会場内ではお名前ではなく、ナンバープレートの番号で呼ばせていただきます。パーティー会場での撮影、録音は禁止。スマートフォンなどは預からせていただきます」

バッグ内で密かに録音していたスマホは没収された。

「また、このパーティーのことをネットに書き込んだり、会場の外でこのパーティーと無関係な方に内容を話すのも禁じられております。約束が守られなかった場合、ペナルティが課されることがあります」

「……話しません」

守秘義務契約書にサインをすると、永さんは私を会場に案内した。

「では、ごゆっくりお楽しみください」

開かれた扉の先には、絢爛《けんらん》豪華な世界が待っていた。

宝石のように煌《きら》めくシャンデリア。黄金に渦巻く装飾。大理石の床。ここは日本であるはずなのに、ヨーロッパの宮殿の大広間を思わせる。歩きながら、溜め息しか出なかった。驚いた。こんな世界が世の中には本当にあるのだ。

パーティーの参加者の年齢はさまざまだ。二十代前半の若い人から六十代くらいの人まで。永さんの説明通り、世間に疎《うと》い私でも知っている政治家や女優、スポーツ選手の顔もあった。皆、高価な時計やアクセサリーをきらめかせ、社交界を思わせるタキシードやドレスに身を包んでいる。その人たちにそれぞれ、永さんのような黒いスーツを着た美男美女のスタッフが付き添っている。その中で、安っぽい、紺のスーツ姿の自分は明らかに場違いだった。ナンバープレートを胸につけていなければ、スタッフと間違えられる。いや、スタッフのほうが、はるかに洗練されている。

人生に絶望するのは、案外、こういうときなのかもしれないと思った。同じ人間なのに、レベルが違う。こういう場を経験できるのは、確かに幸運かもしれない。けれど、居心地の悪さは否《いな》めなかった。

「一三五番様、お飲み物はいかがですか？」

人が集まるまではフリータイムらしく、ウェルカムドリンクが配られる。

ホールの奥にビュッフェ台があり、さまざまなフィンガーフードが並べられている。どれも、盛りつけがおしゃれで、宝石のように華やかだ。すでに食事をしている人がいたので、紛れ込んで、皿いっぱい取った。

こういうところに貧乏性が出る。でも、せっかく来たからにはモトを取りたい。

永さんが気をきかせて、前菜盛り合わせのプレートを持ってきてくれたので、その中のシーフードのカナッペをつまむ。

(嘘《うそ》、ものすごくおいしい……)

食べたことのない、繊細な味つけだ。夢中で食べた。自分の貧困なボキャブラリーでどう表現していいかわからない。芸術品のような料理だった。

これ、病院の母に持っていってあげたら、喜ぶんじゃないかな、とふいに思った。

「あの、永さん」

「はい、なんでしょう」

「あの、これ、お持ち帰りって……」

言いかけたけれど、やめる。瞬時に母の言葉が脳裏に浮かんだ。

――私は食べられないわよ。お父さんが気の毒で……。

そうだった。母に持っていってもいつも断られる。持っていくたびに断られ、心に傷がつく。母はよかれと思って断っているのかもしれないけれど、その行為がこちらの善意を拒否していることに気づいていない。死んだ人のことを気にしても仕方がないのに。わかっていて、母に持っていってしまう自分も自分だけれど——。

そうこうしているうちに、会場の照明が落ち、会場奥のステージが照らされる。そこにマイクを持ったライフ・トレード社のスタッフが立っていた。

「皆様、ライフ・トレードパーティーにご来場いただきまして、誠にありがとうございます。早速ですが、当パーティーのシステムをご説明させていただきます」

「山田様、こちらをお持ちください」

永さんに手のひらサイズのタブレットを渡される。参加者のデータは、プロフィールカードを含め、すべてこのタブレットに入っているという。タブレットには個人情報が含まれているため、会場内でしか使えないという説明を受ける。パーティーは完全フリータイム式で、タブレットで相手の内容を確認しながら、会話を進める流れだ。タブレットにネームプレートの番号、年収、年齢、性別などを入力すると、条件に合った相手を検索することができる。そして気に入った人がいれば、その人のページにお気に入りマークを付けたり、タブレットを通じ、対話を申し込むことができる。が、参加者数が多すぎる。二時間という制限時間内で全員分のデータを読み込むのは不可能だ。困っていると、永さんが助け船を出してくれた。

「試しに、一三五番様がご希望する相手の条件で検索してみてはいかがですか？」

「そうですね」

永さんの手を借り、「年収」で検索する。私の希望年収は四百万以上。三十代男性の平均年収と言われている金額。とはいえ、結婚相談所の酒井さんに「高すぎるので、下げたほうがいい」と言われた金額だ。

（え……）

私は食い入るようにタブレットを見つめた。

【年収】【四〇〇万円～五〇〇万円】【０人】

（ゼロ？）

こんな結果は初めてだった。年収四百万に該当《がいとう》する相手がこの会場にいない。

「永さん、これ、どういうことですか？」

「金額が低すぎたんでしょうね」

「低すぎ？」

永さんはタブレットを取ると、かわりに操作し、男性参加者全員の年収の一覧を出した。最低年収は、驚いたことに二千万だった。永さんは「試しに」と言って、その年収二千万の人のプロフィールデータを出した。

その彼は、さわやかな笑顔の体育会系で、三十六歳。不動産経営、投資家。

「この方、年収は二千万ですが、お父様は有名な資産家で、都内の大きなビルのオーナーさんでもありますよ。ご趣味はマリンスポーツとありますが、ヨットを所有されてます」

と永さんが言い添える。

（ヨット……？）

私の周りでヨットを持っている人などいない。そんなのセレブすぎて、玉《たま》の輿《こし》狙いでも対象外だ。共通の話題など、何ひとつありそうにない。別世界すぎて、引いてしまう。

彼らは自分のような庶民とは感覚が違う。プロフィールカードの「人生に絶望したとき、その理由」にも目を疑った。

〝ほしい物をすべて手に入れたとき。生きるモチベーションを失った〟

〝有名になりすぎた。自由に歩くことができず、不便〟

〝お金がありすぎて、使い道がない〟

「意味がわからない……」

思わず呟いていた。お金がありすぎて、人生に絶望するなんて理解できない。お金はあればあるほど、いいのではないだろうか。地位、名誉、資産――それらを持っているというのは、すなわち世間一般で言う、幸せなのではないだろうか。この人たちは食べる物に困っているわけではない。借金取りに追い立てられたわけではない。なのに、人生に絶望したなんて――。

「興味がある方がいらっしゃいましたら、お気に入りのマークを付けるか、トークを申し込んでください」

永さんにすすめられるが、そう言われても、話してみたいと思う人もいない。

私はデザートコーナーに行き、ミニケーキとコーヒーを取った。

どういう人が希望かと言われて、思い浮かぶのはカフェのマスターのような男性だ。

そういう人はこのタブレットの中にいない。この会場のコーヒーもおいしいけれど、どうも落ち着かない。参加費三十万円を払える人たちなのだから、やはりここにいるのは皆、それなりのセレブなのだろう。なぜ、そんなセレブのパーティーに自分が参加できているのかさっぱりわからなかった。

（まあ、向こうも私みたいなのに興味を持つとは思えないけど……）

ふわふわのプチフールを口に入れたときだった。

突然、手元のタブレットが震えた。画面を見ると、次々と番号と顔写真がポップされる。

（な、なにこれ、スパム？）

永さんが私のタブレットをのぞきこむ。

「参加者の方たちからのトークリクエストですね。会場奥のブースでの対話《トーク》を希望されています」

「どうして、私に……」

狼狽《うろた》えている間も、タブレットはずっと震え続けている。

メッセージも送られてくる。〝あなたとぜひお話ししたい〟〝あなたの人生は私の理想です！〟〝どうか私を選んでください〟

呆然とした。

（なんで私と……？）

うっかり、ある一人のリクエストをタップしてしまったのがいけなかった。「承諾」を出してしまったらしい。〝ありがとうございます！〟の返事が飛んでくる。

「永さん、どうしましょう」

「せっかくですので、お話ししてみてはいかがですか？」

「でも、何かの間違いです」

永さんに連れられて、対話用個室ブースに行くと、体格のいい男性が待っていた。学生の頃からIT会社を経営しているという。これまでの人生で会ったことがない種類の人だった。

「ありがとうございます。一三五番さんですね。よかった。私はあなたのような人をずっと求めていたんです」

満面の笑みで握手を求められる。わけがわからなかった。

「あなたのデータを拝見しました。大変すばらしい。あなたの健康状態は良好で、寿命はここにいる誰よりも長い」

「寿命?」

私が訊き返すと、永さんはタブレットを操作し、私に見せた。私のプロフィール画面に、確かに寿命、健康の項目でのランキング一位のマークがついていた。

「寿命なんてどうやってわかるんですか?」

「血液検査でわかるんですよ」

会場に入る前に、事前に血液検査を受けたけれど、こんな短時間に結果が出るものだろうか。私の顔を見て、永さんが答える。

「弊社の最先端の医療技術です」

「血液検査で寿命がわかるなんて、聞いたことありません」

「テロメアを測定すれば、わかるんです。まだ公《おおやけ》には実用化されていませんが」

私には専門知識はないから、難しい言葉を並べたてられると、そうですかとしか言いようがない。私の目の前にいる男性——六七番さんは、

「一三五番さん、あなたはこの会場にいる人間の中で遺伝的にも長寿です。それだけではない、ストレス耐性もある。まさに理想的です」

と言って、しきりに私を褒《ほ》めたたえた。

「はあ、どうも……」

私は褒められることに慣れていない。それに健康状態を褒められても、あまりピンとこ

ない。でも、人の見た目だけでなく、健康状態を評価する人もいるということはわかった。

永さんを見ると、私に、「ね」というようにほほえんだ。

その後も、会場を歩いていると、休む間もなく話しかけられた。最初は、私のよれよれのスーツが変に目立っているせいか、もしくは物珍しさからかと思ったが、皆は真剣に私に興味を持っていた。話しかけてくる相手は、男性だけでなく、女性も多かった。

「一三五番さん、私を選んでくれれば、私の資産はすべてあなたのものですよ。私は国内に家を三つ所有しています」

「家なら私だって複数所有していますよ。スポーツはお好きですか？　私は都内にいくつかのジムを経営していましてね。ゴルフや乗馬もできますよ」

取り巻かれ、次々と話しかけられる。これほどもてたことは人生で一度もない。だけど、甘い言葉に舞い上がるほど、子供でもない。

（これ、ドッキリかしら……）

思わず会場を見渡してしまう。永さんは否定したけれど、どこかにカメラが仕込まれているのではないだろうか。ここにいる人たちは実は皆グルで、自分の慌てぶりを陰で笑っているのではないだろうか。もてるというのも限度を越すと、しだいに恐怖に変わる。人に囲まれる圧迫感にも耐えきれなかった。

「ごめんなさい！」

スイーツを食べている途中だったけれど、私は頭を下げ、扉に向かって走った。だけど、彼らは私の行く手にたちふさがった。

「待ってください。私の話を聞いてください。もう少し、あなたの話をうかがいたいです」

「高い参加費を払って、あなたのような人をずっと待っていたんです」

「一三五番さん、ぜひ、あなたと人生を交換したいんです！」

（人生を交換？）

私の幻聴だろうか。彼らは皆口々に、私と人生を交換したいと言った。私と結婚したい――ではなく。

「ええ、あなたの人生がほしいんです。どうか私の人生と交換していただけませんか？」

「人生の交換だなんて……」

できるはずがない――と思って永さんの顔を見た。彼は否定しなかった。

そのときになって、私はやっと飲み込めた。

この会場は、結婚相手を見つけるお見合いパーティー会場ではなかった。「ライフ・トレード」――人生を交換する相手を見つけるお見合いパーティーであったことを。

私は永さんを会場の外の、人気《ひとけ》のないところへ引っ張り出した。

「山田様、どうなさいました？　何かトラブルでも？」

「あの……ライフ・トレードって何ですか」

「その言葉通りですよ。人生の交換――弊社の社名でもあります。弊社は皆様の人生を交換するお手伝いをしております」

「これって、婚活の……お見合いパーティーではなかったのですか？」

「招待状にそのような記載はどこにもなかったと思いますが」

　私はバッグから招待状を取り出して確認する。永さんの言うとおりだ。この招待状に婚活の文字はどこにも書かれていない。

「待ってください。ちょっと頭の整理がつかなくて……」

　私は永さんが持ってきた椅子に腰を下ろした。

「あの……私は今、結婚相談所に登録しているんですが、このパーティーはその一環としてのイベントではないんですか？」

「弊社と結婚相談所は一切関係はございません」

　永さんにグラスに入った水をすすめられたが、飲む気にならなかった。三十万円という参加費のキャンセル代のことで頭がいっぱいで、私はこの招待状にしっかり目を通していなかった。人生を交換するなど、そんなことができるのだろうか。

　なぜそんなパーティーに自分が招待されたのだろう。

「永さん」

「はい」

「これって、なにかの番組のドッキリですか?」

「違います」

永さんはにこやかな表情を崩さないが、その目は真剣だった。

「だって人生を交換するなんて、そんなこと現実では不可能です。それに——なぜそんな招待状が私のところに来るのですか?」

「山田様、あなたは本当に幸運な方なのです。繰り返し申し上げますが、本来、山田様はこのパーティーへの参加資格をお持ちでなかったのです。ところが、ある方が辞退され、また諸事情が重なりまして、参加資格を得たのです。きわめて稀《まれ》なケースです。このパーティーに参加できるのは選ばれた——不幸な方だけです」

「不幸?」

(……私が?)

永さんは大きくうなずいた。

「弊社は独自に、人間の不幸指数を測定するシステムを開発しました。ただの不幸な人ではありません。本人に過失はなく、不可抗力で不幸になってしまった人たちです。人間は誰しも、幸福になる権利を持っています。その人たちに手をさしのべるのが、我々の使命だと思っております」

「手をさしのべる？」

「ええ、不幸指数が高い人たちをマッチングさせ、その中に互いに希望する人生があれば、人生をトレードする――つまり、最先端の医療技術で、人間の脳のデータを入れ替えるのです」

　疲れているのか、永さんの言葉は知らない国の言語のようで、まったく頭に入ってこない。

「そんなSF映画みたいなこと……」

「できるのです」

　永さんは力強く言った。

「山田様、科学の進化はめざましいのです。かつてありえないと思っていた未来は、すぐそこまで来ているのです。コンピューターは進化し、人工知能《AI》はチェス、将棋のチャンピオンだけでなく、ゲームの分野で最難関と呼ばれる囲碁の棋士にも勝利しました。医療もそうです。人間のクローンも現実化しています。脳の記憶操作、データ移行も可能になりました。人類はとっくにその技術に達していたのです。ただ、諸事情から、公に実用化を謳《うた》っていないだけなのです」

「ということは、非合法では？」

「いいえ、非合法ではありません。弊社は政府の管轄下にあり、特別に人体への臨床試験を許されました。つまり、我々の目的は、より多くの臨床試験のデータを入手することです。もちろん、この技術を――ライフ・トレードを望まない人、悪用する可能性のある人に用いるわけにはいきません。それで、多くの審査を行い――あなた様が選ばれました。我々は新しい医療技術を提供し、対象者のデータを得る。対象者はこれまでの不幸な人生と決別し、新しい人生を手に入れることができる。ライフ・トレードは、お互いの目的が一致した素晴らしいシステムです」

永さんはほほえんだ。

「山田様、あなたは選ばれたのですよ」

永さんの微笑は美しかった。

「じゃあ、仮に――私が六七番さんの人生がほしいと言えば……」

「六七番様の人生を引き継ぐことができます。地位も、お金も、すべて山田様のものです。どうなさいます？」

「これも……ドッキリですか？」

急に結論を迫られても困る。頭がついていかなかった。私より不幸な人は世界にもっとたくさんいるだろうに。その中で、なぜ私が選ばれたのだろう。頭が混乱する。こんなあやしいパーティーに来てしまったのが、そもそもの間違いだったのではないだろうか。

「山田様、突然のことですから、驚かれるのも無理はありません。ですが、これはドッキリでもなんでもありません」

永さんはやさしく声をかけてくれた。けれど、

「……あの……すみません。私、今日はこれから母の見舞いで病院に行かないといけなくて。母と約束しているんです」

私はそう答えるのがやっとだった。

「わかりました。では、山田様を病院までお送りします」

永さんはすんなりと引き下がり、預けていたスマホを返してくれた。

車の中で永さんは言った。

「ライフ・トレードの権利の有効期間はまだ十日ほどございますから、じっくりお考えになってください。山田様が辞退されるのは残念です。会場で一番人気でしたから」

「人生を変えるなんて、考えたこともありません。それに私の人生を望む人がいるなんて……」

「山田様、人それぞれ人生に求めるものは違うのですよ」

永さんは私を見て、ほほえんだ。一つ、気になったことがあった。

「永さん、……不幸指数を計測なさったとおっしゃいましたよね」

「はい」

「そこで選ばれた――私の人生は……不幸なんでしょうか」

「不幸指数を測定したのはシステムです。不幸指数は単なる数値にすぎません。不幸かどうか――それを本当に決めるのは、山田様ご自身です」


車に乗せられ、着いたところは、母が入院している総合病院だった。通りに面して植えられた大きな桜の木は早くも五分咲きで、風に揺れ、花びらを散らしていた。

母の入院先を告げなかったのに――どうして永さんは病院の住所がわかったのだろう。

そのきれいな顔を見つめると、永さんは微笑した。

「山田様、本日はご利用ありがとうございました。よろしくご検討ください。何かございましたら、こちらに――」

永さんは連絡先が書かれたカードをくれた。必要ないかと思ったが、有効期間中は持つように忠告された。町中で偶然、パーティー会場で会った人と再会し、トラブルに巻き込まれる可能性もないわけではないと。

「ライフ・トレードのことはくれぐれも内密にお願いします」

「わかりました」

車が去ると、雑踏のざわめきが聞こえた。病院に出入りする人の声。車の音。

その音にほっとする。ようやく現実に戻ってこられた気がする。

――不幸かどうか――それを本当に決めるのは、山田様ご自身です。

胸の中で永さんの言葉を反芻《はんすう》する。

自分は不幸ではないと思う。今の自分は健康で、借金もない。貯金はそれほどないけれど、これからはわからない。婚活は今のところ、うまくいっていない。だけど、人生の楽しみはある。月に数回、マスターのいるカフェに行って、コーヒーを飲むのは楽しい。

今は――昔と比べて、そう悪い人生ではないと思う。納得がいかなかった。なぜ、ライフ・トレード社は私のことを不幸だと判定したのだろう。

「どうしたの？　なにかおもしろいことでもあったの？」

病室の母は私の顔を見て訊いた。

「実はね、今日……」

言いかけて、はっとする。そうだ。ライフ・トレードのことは話してはいけないのだった。

「桜がきれいだと思って……」

そう言うと、母は顔をほころばせた。

「そうよね、もうすぐお花見ができる頃ね。お父さんが生きていたら、楽しみにしていたでしょうね」

それから母と話したのは他愛もないこと。病院の看護師さんの話とか、隣の人の話とか。来週レントゲン検査があるとか。一時間ほど話したら、着替えを持って帰るのが日課。

だけど、この日は何かがひっかかっていた。永さんが私を不幸だと言ったからかもしれない。桜を見たせいか、母が笑顔だったからか――いつも以上に胸がざわざわした。

何か、悪いことが起きる予感だ。

「そういえば、前、借金から楽になる方法があったっていう話をしたわよね？」

母がふいに言った。

「昔――借金が大変だった頃、お父さんに離婚届を出そうって言われたことがあったわ」

「お父さんが？」

父が言うことは正しい。夫名義の借金は妻には関係ない。夫の借金の連帯保証人にでもなっていない限り、返済義務は債務者当人にしか発生しない。

「だけど、お母さんね、尚子がいるから、絶対に離婚したくないって思ったの」

母は桜を見ながら、独り言のように言った。

「私がいるから？　離婚しなかったのは……私のため？」

私は動揺した。子供のためと言いつつ、母の口ぶりは、自分は犠牲者で、つらい生活はすべて私のせいだったと言わんばかりだった。

「そうよ」

「お父さんが私たちのためを思って、離婚を切り出してくれたのに、それを断ったの？」

「回答を引き延ばしていたら、お父さんがあきらめてくれたの。だって、片親だと尚子が何かと大変だろうし、家族は一緒にいるものでしょう？」

「でも……離婚して、お父さんが自己破産すれば、借金はちゃらになったんじゃないの？」

少なくとも、私たちが三十年も借金返済に苦しむことにはならなかった。母が父の借金の連帯保証人になることもなかった。私も、少しはましな学生生活を送れたはずだ。

母は陽気に笑った。

「そうかもね。でも、借金は返せたじゃない。まっとうにがんばって生きていたからよ。家族三人で暮らせてよかった。尚子もそう思うでしょ？」

母の笑顔を見ると、胸がざわざわする。この母の愛想《あいそ》の良さは――やばい。悪いことが起きる前兆だ。荷物をまとめ、部屋を出ようとすると、

「そうだ、尚子」

母に呼び止められる。嫌な予感がした。

「何？」

「今、財布にいくら入ってる？」

母は笑顔で訊いた。

「なんで？」

「ちょっとお金貸してくれない？　入院中は銀行に行けなくて」

病院内にATMがあるのではないかと言ったけれど、母は首をふった。

「キャッシュカードを家に置いてきたの」

「今、手持ちは少ないんだけど、いくらいるの？」

「一万ある？　隣の人に借りたの。今朝、いつ返すのかって催促されて……」

「隣の人に借りたの？　いつ？」

思わず、大声を出してしまった。

「三日くらい前かな。どうしたの急に声をあげて」

「お母さん、どうして、もっと早く言わないの！」

そんなことを知らずに、隣の人に何度も挨拶した。お金を借りた人に、母はお菓子までいただいていた。さぞかし常識知らずだと思われただろう。

「尚子が来たら、話そうと思って、忘れてたのよ。尚子に心配かけたくなかったし」

「一万円でいいのね。今すぐ返して」

「あと一万あったら貸して。今月、パート代が入らないから苦しいの。入院費も退院時に一括して払わないといけないじゃない。そっちを考えたら、足りなくて……」

「……」

母の欠点は、借金で困った割に、金銭のやりとりにルーズで、なんでもあと回しにしてしまうところだ。大事なことは自分の腹の中におさめ、最後の最後にならないと打ち明けない。その行為がかえって事態をややこしくしたり、悪化させることに、母は気づかない。追い詰められると、話さなかった理由は「尚子のため」と、いつも自分をひきあいに出す。子供を理由にすれば、罪は許されるとでも思っているようだ。

「だって働いてくれている尚子に心配かけたくなかったのよ」

そう言うけれど、それは本心なのだろうか。結局は、頼る人がいなくて、その娘からお金を巻き上げているのに――。

（でも、このくらいのことなら――）

財布から二万円を出すと、

「ありがとね。ちゃんと返すから。本当よ。ちゃんと入院費だって自分で払うし」

受け取って、母は笑った。でも、私は母に、笑い返せなかった。

早く、桜の季節が終わればいいと思った。

病院帰り、母の洗濯物を持って、私は母のアパートに行った。次に病院に行くときに、母の着替えを持っていかないといけない。

プレハブの二階建てのアパート。一カ月前まで私も母と一緒に住んでいた。前の派遣先までの通勤に時間がかかったので、派遣会社の社宅に移った。やっと自立して、一人暮らしができると思った矢先、母が入院した。

（退院しても、しばらく自宅療養だから、この家に戻ったほうがいいのかな。それとも母さんと二人で住める家をさがしたほうがいいのかな……）

そういうことを考える。結局、母の面倒を見るのは自分なので、余計な出費は抑えたい。

部屋に上がって、仏壇の前に座り、父の位牌《いはい》の前で手を合わせたあと、後ろを振り返る。

「これは本当にひどい……」

パーティーの華やかな会場と、母のアパートは別世界だ。

部屋は足の踏み場がないほど物が多く、雑然としている。私が家を出て、片づける人がいなくなったから、もっと物が増えた。商店街でもらったカレンダー。誰かのお土産。いつか使うと思って、結局一度も使っていないもの。プラスティックの食器。スーパーやコンビニでもらったお箸《はし》。何がどこにあるのかわからない。ただ物を溜め込んだだけの部屋。下手に動くと、バリケードのように積み上げたものが雪崩《なだれ》のように崩れ落ちる。

（今、地震が起きたら、危険だ）

母が退院するのはまだ先のことだけど、自宅療養に備えて、部屋を片づけておく必要がある。物を勝手に移動すると怒られるかもしれない。だけど、来月に派遣の仕事がはじまるので、やるとしたら今しかない。

私は、家に眠っていた高校時代のジャージに着替える。

部屋や廊下の床に物を置いてはいけない。足をひっかけて転ぶと危ないから、電気コードは固定する。風呂場の段差もなくす。

床の面積が広がるように、スーパーでもらってきた箱に、余計な物をかたっぱしから詰めた。物を分別していくと、その人の生活ぶりがわかる。賞味期限の切れたお菓子。私が買ったお土産、母の日にプレゼントした新しい服。どれも未開封のままだ。

ときどき、無性にむなしくなる。

（なんで、私はこんなことをしているんだろう……）

母はいつも「私は大丈夫」と言う。娘を思って「結婚しなさい」と言う。でも、口ではそう言いつつ、母は一人で生活することができない。母のもとを去ろうとしても、こうやって連れ戻される。年を取ったら、今以上に介護が必要になるだろう。

あらかた部屋を片づけたところで、思い出した。

（そうだ。キャッシュカードを家に置いてきたから、現金が引き出せないって、お母さん言っていたっけ）

次に病院に行くときに、持っていってあげないと。

母の貴重品は、簞笥《たんす》の一番上の引き出しに入っている。勝手に触るのは気が引けたけど、入院中の生活費も必要だ。預金通帳はすぐ見つかった。慌てていたのか、母は通帳を開いた状態で、引き出しに突っこんでいた。だから、期せずして、残高が見えてしまった。

（え？）

私はその数字にぎょっとした。

（……残高０円？）

母が入院した二週間以上も前に、残高の十万円ほどが全額引き出されている。

（キャッシュカードを忘れたから、お金がないと言ったのは、嘘だったんだ……）

愕然《がくぜん》とした。母の預金は十万円しかなかった。いや、私にお金を借りたということは、つまり、母は現在、その十万円すら持っていないということだ。その引き出した十万円は一体、どこに消えたのだろう。

母は病院でかかる費用を自分で払うと言っていた。それも嘘だったのだろうか。入院費がこの十万円で足りるはずがない。それとも、ほかに収入があったのだろうか。

クレジットカードや消費者金融のカードは持っていないはずだ。母は過去に債務を滞納したことがあり、審査に通らなかった。

（もしかして――）

嫌な予感がして、私はさらに引き出しの中をさぐった。奥に、封筒の束があった。

それを手にした私は、胸がつぶれるかと思うくらい驚いた。

封筒の宛名が「山田尚子」だったからだ。

（私？　どうして、私の名前が……？）

考えるより先に手がのびた。いくら親の物とはいえ、他人の物を勝手に見るのはよくないことだとわかっている。でも、この手紙は、自分宛のものだ。山田尚子様と書いてある封筒なのだから、開封して内容を確認してもおかしくはない。

なぜ、母が私宛の手紙を持っているのだろう。封筒の束を解き、一つ一つ確認していくと、その中に、有名な金融会社の名前があった。その手紙を開く。

山田尚子様

拝啓　時下益々ご清栄のこととお慶《よろこ》び申し上げます。

さて、このたびは弊社カードをお申し込みいただき誠にありがとうございます。ご契約カードをお届けいたします。

（なにこれ……お母さん！）

手紙を持つ手が震えた。郵便の消印は、私がまだ母と同居していたときの日付。

（どうしてこんなものが？）

信じたくなかったけれど、事態はすぐに把握《はあく》できた。

母は私に無断で、私の名義のカードを作っていたのだ。それだけではない。封筒の中には、山田尚子名義の督促状もあった。支払い記録を見ると、多少の滞納はあっても、娘の私にばれないようにパート代を充《あ》てて返済してはいたようだ。

だけど、最後に借りたものはまだ返していない。

（お母さんは借金をしている。それも私の名義のカードを使って……）

吐き気と、眩暈《めまい》に襲われた。もしかすると、これは氷山の一角かもしれない。この、物が溜まった部屋のどこかに、ほかにも督促状があるのかもしれない。

「お母さん、どうして……」

途方にくれ、私は床にうずくまった。泣くに、泣けなかった。嫌な予感がしていたのに――。もっと母の言葉を疑うべきだった。

思い返せば、母はいつもそうだった。母は、大変なときに大変なことを黙ってしまう。「尚子に心配をかけたくないから」と言って。それを打ち明けるのは、本当に大変なときになってからだ。母がご機嫌なのは、その大変なことを告白する前兆。私を怒らせまいとしてか、大変なことから逃避しようとしてか――娘思いの母であることを強調し、愛想よくふるまうのだ。

父が倒れたときもそうだった。父には明らかに脳梗塞《のうこうそく》の予兆があった。けれど、呂律《ろれつ》が回らなかったり、言葉が出にくくなったのを、酒を飲んだせいだと言って父はごまかしていた。周囲の人が医者に行くように助言したけれど、母は父の言葉を信じた。いや、面倒なことをあと回しにしてしまったのだ。もっとも、素人《しろうと》に脳梗塞の予兆に気づけといっても無理な話で、普通は脳梗塞を起こしたあとに、そういえばあれが予兆だったか、と気づくものらしい。だから、一概に母を責められないけれど、母は父の症状に気づいていながらも、私に一言も相談しなかった。

「働いている尚子の邪魔をしたくなかったのよ。お父さんだって尚子に知られたくなかったでしょうし」と言って。そのときも、桜の季節で、母はごまかすように笑っていた。

離婚の件にしてもそうだ。父と離婚すれば、負債を抱えずにすんだ。だけど、母は回答を引き延ばし、離婚をしなかった。夫を支えるため、娘のためだと言えば、美談だけれど、そのために自分だけでなく、娘にも苦労をしいた。

今回、入院したときもそうだ。銀行が閉まる時間だからといって、急いで沿道を歩いていたときに、段差につまずいた。骨折したのに、捻挫だろうと高をくくり、私にも連絡しなかった。すぐに医者に診《み》せなかったことで、入院が長引くことになった。入院費もかさんだ。

それだけではない。母は隣の人にお金を借りたことも、私名義のカードを使って借金したことも黙っていた。問い詰めると、また悪びれる様子もなく、「尚子に心配かけたくなかったから、話さなかった」と言うのだろうけれど。

私は、深呼吸を繰り返し、自分を落ち着かせて、金融会社に電話をした。

幸い、債務はそう大きい額ではなかった。今の自分にはわずかだけれど貯金がある。その貯金で、一括で返済することは可能だ。もっとも、母がほかの金融会社に手を出していなければ――の話だけど。

問題はその先だ。私の次の派遣の仕事は決まっている。だけど、その仕事もいつまで続くかわからない。母は全治六週間で、退院したあとは自宅療養しつつ、通院することになる。その世話をするのは私。下手をすると、今後は、会費のかかる婚活も、カフェ通いもあきらめなければならなくなるかもしれない。

「大丈夫」

私は自分に言い聞かせる。

「私は健康が取り柄だから、派遣の仕事をして、ほかにも仕事を見つければ、どうにかなるかもしれない。これまでもどうにかなったし――」

そう思ったけれど、突如、不安感に襲われた。

ライフ・トレードの健康診断で、私は健康と寿命の項目でランキング一位だった。ということは、病気になって休むこともできない。死ぬまでずっと、母の面倒を見続けないといけないということだ。

それに気づいた瞬間、体の奥からなにかが崩れ落ちる気がした。これまで自分を支えてきた何かが、壊れていった。楽観視できる時間が、自分たちにないことに気づいてしまった。

　母は六十五歳。そう簡単に次の仕事は見つからないだろうし、見つかったとしても年齢からしてそう長く働くことはできない。私が稼いだお金は、母に吸い取られてしまう。

　子供の頃の桜の記憶がふと脳裏に蘇った。

　ボヤ騒ぎで、裏庭の桜の木が燃えたとき、父と母は炭のようになった桜の木の上に、灰を撒いた。あの馬鹿騒ぎを子供だった私は、あきれたように見ていた。恥ずかしくて仕方がなかった。でも、今は違う。こんな状況、馬鹿騒ぎでもしないと、やっていられない。

　――このパーティーに参加できるのは選ばれた――不幸な方だけです。

　永さんの言葉を思い出した。

　そうか。やっとわかった。私は不幸だったのだ。自分が不幸であることにも気がつかないほどに。

四

「山田様、考え直されたのですね」

　永さんの言葉にうなずく。私はライフ・トレードのパーティーが行われた建物に来ていた。頼れる相手がほかにいなかった。救いを求める形で、永さんがくれた連絡先に電話し、迎えに来てもらった。

　永さんは初めて会ったときと同じく、上質な黒いスーツを一分《いちぶ》の隙《すき》もなく着こなしていた。

　豪華な個室で、永さんはコーヒーを淹れてくれた。上質なカップ、上質なコーヒー。高級なものなのだろうけれど、味がわからなかった。

「こちらとしても助かります。山田様とのトレードを希望する方が多かったので」

　永さんはほほえんだ。

「健康体というのはそんなにいいんでしょうか」

「山田様を希望された方は、健康という条件だけで選ばれたわけではないと思いますが——。顔色がすぐれませんね。どうされました？」

「実は……一つ、大きな問題が発生したんです」

　私は母のカード問題のことを打ち明けた。こんな個人的な、身内の恥さらしのようなことを相談したらあきれられるかもしれないと思ったけれど、永さんは真摯《しんし》に話を聞いてくれた。

　聞き終えた永さんはきっぱりと言った。

「山田様、ライフ・トレードにおいて、なんら支障はないと思います」

「本当ですか？」

「ええ、山田様の人生を希望される方は、負債などの点は気にしていらっしゃらないと思います。それに、勝手に自分名義のカードを作られた場合、返済義務はありません。山田様の立場なら、支払いを拒否することができます」

「そうしたら——どうなりますか？」

「お母様に取り立てが行くでしょう」

でも、母に支払い能力はない。私はおずおずと訊いた。

「警察沙汰《ざた》になるでしょうか」

「可能性はありますね」

それを聞くと、心は迷う。母を犯罪者にだけはしたくない。

「永さん、今ある私の貯金を全部使えば、母の借金を返済することができるんです。人生を交換する前に、そうしておいたほうがいいでしょうか」

「そうなさると、お母様が滞納した負債を、山田様が自分のものだと認めることになります。正直、おすすめできません」

「そうですか。では、どうすれば……」

「そういったことは——山田様と人生を交換する方にお任せすればよろしいのではないでしょうか」

永さんは冷めたコーヒーのおかわりをくれた。ミルクと砂糖がたっぷり入っている。それから、クッキーを出してくれた。カフェのマスターのように。

彼はどこまで、私の個人情報を知っているのだろうかと、うっすらと思った。

「山田様、あなた様は十分、苦労されました。ご両親のために理不尽な思いをされたのです。あなた様は幸せになる権利があります。他人の人生を得られれば、もう借金のことで苦しまなくてもいいのですよ」

「でも、だめです。母に会ってしまったら、私は……」

きっと、母を拒《こば》むことができない。

永さんは私を励ますように言った。

「大丈夫です。新しい人生を手に入れたら、過去の記憶は時間の経過とともに消去されますから」

＊＊＊

「山田様、ライフ・トレードといっても、今すぐ誰かの人生になれるというわけではございません」

永さんは話を続けた。

「前回、ご説明いたしましたが、トレードの相手が見つかったあと、二週間の試用期間を設けさせていただいております。その際に——拒絶反応がなく、お互いがお互いの人生に納得すれば、本格的なライフ・トレードに移ります」

「手術は痛いですか？」

「いいえ、痛みは伴いません。人によっては新しい体に慣れる過程で、眩暈《めまい》などの症状があらわれることがありますが、じきに治まります」

「その費用は？」

「かかりません。弊社が負担いたします」

「本当に？」

「ええ。だから申し上げましたでしょう？　山田様は大変、幸運な方なのです」

　幸運と言われても、いまだにピンとこないけれど。

「永さん、中身が入れ替わったら、周りの人にあやしまれるんじゃないでしょうか」

「今までそういう問題は一度もありませんでした。脳に、前の——トレード相手の基本的な記憶を残していますから。生活パターン、行動パターン、話し方、人間関係などはすぐに対応できます。多少、前の人格と違和感があったとしても、それを疑う人はいません。別の人間と入れ替わるなど、できるはずがないというのが世間の認識です。人は、自分が見たくないもの、信じたくないものは、見ないようにできているのです。なにか疑わしさを感じたとしても、自分で勝手に解釈し、自分の都合のいいように理由をつけて補完するのですよ」

それは自分も同じだと、永さんの話を聞いて考える。母を信じたいと願うあまり、自分の都合で母の言葉を解釈し、肝心なことを見落としてきてしまった。

永さんは私に訊いた。

「山田様、パーティー会場で会った方で、これだという方はいらっしゃいましたか？」

パーティー会場でのことは、正直、あまり覚えていない。

「参加者のデータを見ることはできますか？」

「ええ、もちろんです」

会場で使用したタブレットを渡される。私とのトレードを希望している人は二十三人。それぞれのデータを吟味《ぎんみ》する。

「こちらの方たちは、山田様がリクエストを出せば、即、カップリング成立です。もしこの二十三名の中に希望する相手がいなければ、来週のパーティーへの出席を申し込むこともできますが」

永さんの説明を聞きながら、私はタブレットを操作する。

そういえば、婚活とは、自分を見つめ直す作業でもあると、以前、酒井さんに教えてもらったことがある。自分がどんな人間で、何を望んでいるかを知ること。その助言は、ライフ・トレードにも活《い》かすことができるかもしれない。

タブレットの画面を見つめながら、自分にとって幸せとは何だろう――と考える。働くのは苦ではない。働いてもいいから、自分のお金を――借金の返済ではなく、自分が納得いくことに使いたい。三十過ぎて遅いけれど、少し、おしゃれをして、今より少し高価な服を着て、たまに外食をして……。カフェにも、もっと頻繁《ひんぱん》に行って、コーヒーだけじゃなくて、ランチプレートとか、ケーキとか、値段を気にせず注文したい。コーヒーを飲みながら、マスターと話をしてみたい。そんな――ささやかな願いが、ライフ・トレードでかなえられるだろうか。

私との人生交換を希望している相手に、男性も何人かいた。

ライフ・トレードのパーティー前に書いたプロフィールカードに、

【希望相手】男性・女性・どちらでも・未定

という項目があって驚いたけれど、今ならわかる。これは、同性、異性のどちらで人生を再スタートしたいかという質問だったのだ。ほかの奇妙な質問も、人生を交換する相手の情報を知るためのもの。

しかし、二十二人のデータを見たけれど、これといった人がいなかった。そして、最後の二十三人目のページを開く。

「あ……」

私の目は、自然とその顔写真に吸い寄せられた。幸せオーラにあふれた微笑の写真。

（この人は――）

その顔には見覚えがあった。その人がパーティー会場にいたということが意外だった。

「ああ、一七〇番様ですね」

と永さんがうなずいた。

「この方なら、近くにお住まいですので、お呼びすればすぐ面会できますよ」

確信があった。この人は私がほしいものをすべて持っている。この人の人生なら、きっと私の願いをすべてかなえられる。彼女になれば、きっと私は幸せになれる。

私はその女性の顔を指さした。

「この人を希望します」


その人――桜庭響と対面したのは、永さんに意志を伝えてわずか一時間後だった。

彼女は永さんのような黒いスーツ姿の男性――志位《しい》さんというスタッフに連れられて、待合室にやってきた。

「はじめまして、一七〇番の桜庭です」

カフェのマスターの想い人のジャズピアニスト。生で見る桜庭さんは、一言で言うと、芸能人のような、一種独特のオーラを漂わせていた。つややかで、手入れがほどこされた長い髪、高そうな黒いコート。CDのジャケットより、実物のほうがずっときれいで、圧倒された。

「突然、お呼び立てして申し訳ありません」

「とんでもないです。私を、選んでくださってありがとうございます」

桜庭さんは深々と頭を下げた。美人なのに、つんとしたところがなく、気さくな人だった。

桜庭さんの父親は世界的指揮者、母親はピアニスト。お兄さんたちも作曲家とヴァイオリニスト。彼女は音楽一家の末っ子だ。プロフィールを見ると、三歳のときからピアノをはじめ、有名な先生に師事し、英才教育を受け、海外の音楽院に留学。国内外のコンクールの入賞歴もある。祖父は大企業の経営者で資産家。

一般のお見合いパーティーにこんな人がいたら、一番人気間違いなしだ。彼女のような恵まれた人がなぜ、自分の人生を交換したいと思うのだろう。

私の表情を読み、永さんが言った。

「人生をトレードするにあたり、お互い聞いておきたいことがおありかと存じます。心配要素がありましたら、今のうちに確認しておいてください」

「私はありません。一刻も早いトレードを希望します」

桜庭さんは即答した。迷いのない態度は、彼女の人柄をうかがわせた。

「桜庭さん、私になると、生活が大変かもしれませんよ。贅沢はできませんし、母の介護もしないといけませんし。債務も抱えていますし」

そう言っても、桜庭さんの意志は固かった。

「覚悟の上です」

「山田様のほうでは？」と、桜庭さん担当スタッフの志位さんが私を見た。

「桜庭さん……はピアノをされてるんですよね」

「はい」

「私、ピアノ弾けないんですけど、大丈夫でしょうか。小学校のときに鍵盤ハーモニカとか、エレクトーンに少し触っただけです。それとも桜庭さんの体になったら、体が覚えていて弾けるようになるんでしょうか……」

「山田様」と、答えたのは永さん。

「体に指令を下す脳が桜庭様のものではなくなりますので、指令を下せない以上、今の桜庭様と同じレベルでピアノを弾くことはできないかと思われます。と言いましても、長年、ピアノを訓練された体ですから、上達は速いかもしれませんが」

永さんが説明している途中、「そのことでしたら――」と、桜庭さんが口を挟んだ。

「弾けなくても大丈夫です。桜庭響がピアノを弾くことは、二度とないと思います」

桜庭さんは自分のページのプロフィールを指さした。よく見ると、職業欄の「ピアニスト」に「元」がついている。

「元ピアニスト？」

「私、ピアノ、やめたんです」

「やめた？」

「ええ。ページを下にスクロールするとおわかりいただけると思いますが」

そのわけは【人生に絶望したとき、その理由】に書かれていた。

〝演奏活動ができなくなった〟

思わず、彼女の顔を見る。

「どういうことですか？」

「私、フォーカル・ジストニアなんです」

桜庭さんはさびしそうにほほえんだ。

「フォーカル・ジストニア？」

「聞いたことないですか？」

「すみません、医学用語には詳しくなくて……」

「神経障害の一つと言われています。指が思う通りに動かせなくなる病気なんです。脳が正しく指示を伝達しなくなって……。ある一定の動きをすると、指が言うことをきかず、曲がったり、伸びたりしてしまうんです。それで先日、ドクターストップがかかったんです」

「痛みはあるんですか？」

「いいえ、痛みはまったくありません。ピアノを弾くときだけに起こる問題で、日常生活に支障はありません。ただ、ピアノが弾けなくなっただけのことです」

「治療をすれば治るんじゃないですか？」

私は訊いた。世の中には、彼女の演奏を楽しみにしている人もいる。カフェのマスターも、その一人だ。桜庭さんは首を横にふった。

「治る……かもしれませんし、治らないかもしれません。治った例もありますが、効果的な治療法がいまだ見つかっていないんです。いろんな病院に相談に行きました。有名な先生からは一番の治療法はピアノを弾かないことと言われました。でも、それは——私にとって、死ねと言っているのと同じことです」

決めつけるのは早いのではないかと思ったが、桜庭さんは頑なだった。

「ピアニストの桜庭響は死んだんです。でも、そう思っても、どこかに未練が残っています。その未練を断ち切るために、一日でも早く、別の人生を生きたいと思ったんです」

私は彼女にかける言葉を知らなかった。私は人生で一度も、桜庭さんのように何か一つのことに打ち込んだ経験がない。

「桜庭さん」と私は言った。

「私の人生は親に振り回されました。働いても働いてもちっとも楽になりませんでした。家にピアノだってありません。音楽をやる余裕もないんです。私の人生と桜庭さんの人生は等価じゃありません。貧乏生活を余儀なくされますよ」

「構いません」

桜庭さんは毅然《きぜん》と言った。

「音楽のない生活がしたいんです。音楽の話をしなくてもいい環境であればいいんです。それは私にとって、唯一、絶望から逃れられる道なんです」

私は、引き続き、自分の人生のデメリットを話したが、桜庭さんからすると、それらはすべて些細《ささい》な問題らしかった。

「母の部屋は物も多いし、汚いですよ」

「平気です。散らかっていれば、片づければいいだけじゃないですか？」

彼女はわかっていない。それが簡単ではないから、問題が発生する。反論しかけたけれど、思い直した。いや、でも、他人だからこそ、母とうまくやっていけるということがあるのかもしれない。

「こんな環境ですから、山田尚子になったら、結婚できない人生になるかもしれませんよ」

「理想的です。私は一人がいいんです」

桜庭さんの意志は固かった。

一分一秒でも早いほうがいいという彼女の希望で、その日の夜にトレードが行われることになった。私も異存はなかった。一刻も早く借金の苦しみから逃れたかった。

トレード翌朝から二週間の試用期間を過ごし、双方、新しい人生に納得すれば、そのまま別の人生を送る。納得しなければ、試用期間内であれば、もとの人生に戻ることができる。

「試用期間を過ぎての再トレードはできないということですか？」

たずねると、永さんはうなずいた。

「別の脳に完全移行したデータをまたもとの脳に戻すのは、今の医療技術ではまだリスクが高いのです。脳に障害が残るなど、成功例は少ないので、おすすめしません」

「トレードすると、私の、今の記憶はどうなるんですか？」

「桜庭様とトレードしたあとも、現在の記憶をお持ちのまま、しばらくは生活できます。が、その後、山田様の記憶は桜庭様の過去の記憶と一体化します。つまり、山田様としての人生も、ライフ・トレードのことも忘れ、完全に新しい人生を歩むことになります。懸《け》念《ねん》されているお母様の借金のことも、忘れられます」

永さんの説明を聞いたあと、私はライフ・トレードの契約書にサインをする。

手術服に着替え、ベッドに横たわる。ただ、桜庭さんのことが気にかかった。

指が動かなくなっただけで、人生に絶望した彼女が理解できなかった。心情はわかる。でも、一年か二年経《た》ったあと、彼女は後悔するのではないだろうか。それとも、そのときには、桜庭響としての記憶を失っているから、大丈夫なのだろうか。

「今、山田様が桜庭様に対して思われているのとまったく同じことを、桜庭様は山田様に対して思われていますよ」

麻酔の準備をしながら、永さんが言った。

「桜庭さんは、私が桜庭さんの人生に後悔すると？」

「ええ」

「そんなはずは……」

「山田様、価値観は人それぞれなんです。山田様は、山田様の望む幸せを手に入れてください。我々はそのお手伝いをします」

麻酔が打たれた。

「処置が終わりましたら、お送りします」

永さんの声は消え、私は眠りについた。

脳のデータを移行したあとの説明を聞く必要はなかった。眠っている間に、脳にさまざまなデータが注入された。ライフ・トレードについて、また、桜庭響として生きる上での注意事項のようなもの。それらを夢の中で見た。
おぼろげな意識の中――トレードする前に、部屋を片づけておけばよかった。トイレットペーパーを補充しておけばよかった。そんなことを考えた。

五

目が覚めると、そこは処置を受けた場所ではなかった。見知らぬ、大きなベッドの上。

白い家具で統一された、ヨーロピアンな部屋。センスがよく、どこもかしこもぴかぴかに磨き上げられ、モデルルームのようだ。

いや、見知らぬ――ではない。桜庭響のベッドだと、脳から情報があたえられた。

「うわあ……」

部屋を見渡し、思わず声が出た。桜庭さんはここに一人で住んでいる。

起きた瞬間、違和感をおぼえた。少し頭痛がする。桜庭さんは朝に弱い体質らしい。体の感触も違う。腕が細くて長い。彼女は自分より少し背が高いから、物の見え方が違う。

鏡張りのクローゼットに、自分の姿が映っていた。そこにいたのは、長い髪を垂らし、高そうな光沢《こうたく》のあるパジャマを着た桜庭さんだ。信じられないけれど、私は、本当に桜庭響になっていた。すぐさま、３ＬＤＫの部屋を散策する。

「桜庭さん、勝手にすみません。お邪魔します」

リビングのドアを開けながらも、つい、口に出してしまう。本人はいないのだけれど。

リビングにはグランドピアノが二台。その脇にそびえる壁面本棚には、上から下までびっしりと楽譜が並べられている。その奥のガラスケースには、数々のコンクールでもらったメダルや盾、記念品。クラシックのCDも山のようにある。その中には、もちろん、桜庭さん本人のCDもある。マスターにもらったジャズのCDだ。

「えっと、冷蔵庫に何か食べるもの入っているかな……」

リビングの奥にあるキッチンに向かう。キッチンも、母と二人で暮らせるくらい広い。

一人暮らし用とは思えない大型冷蔵庫の中には、三日分の食事が毎食分タッパーに分けて保存されている。脳に残っている桜庭さん情報によると、通いのお手伝いさんが週に二回、食事、掃除、洗濯をしにやってくるらしい。

桜庭さん本人は、朝は食欲がないらしく、野菜とフルーツで作ったコールドプレスジュースを飲むということなので、それをまねてみる。カフェのようなおしゃれなプレートの上に、タッパーに入っていたサラダとベーグルを盛りつける。カウンターテーブルで一人、ゆっくりとした朝食をとり、エスプレッソマシーンで淹れたコーヒーを飲む。

そんなおしゃれな日常に驚きだった。こんな生活ができるなら、カフェなど行く必要がない。

食べ終えた頃、桜庭さんのスマートフォンに着信がある。永さんからだった。

「おはようございます。お食事はおすみですか？」

「どうして、食事が終わった頃だとわかったんですか？」

「山田様——いえ、桜庭様の体内のデータが自動的にこちらに転送されるんです」

試用期間中は、毎朝、電話で簡単な問診をするとのことだった。

「ご気分はいかがですか？」

「悪くないです。ちょっと頭痛はありますけど、こんなにすがすがしい朝は久しぶりです」

「桜庭様の基本データは脳に残っていますので、生活する分には支障はないと思います。こちらも全面的にサポートします。何かトラブルが発生した場合や、体調不良を感じることがありましたら、遠慮なく、ご連絡ください」

「ありがとうございます」

「では、快適な日々をお過ごしください」

電話を切る。永さんの声も、心なしかうれしそうだった。

桜庭響の一日——といっても、何をしていいかわからない。普段は午前中、ピアノを練習しているようだけど、ドクターストップがかかってからは弾いていないという。トイレ掃除か床磨きでもしようかと思ったが、掃除するまでもなく、部屋はどこもかしこもぴかぴかに磨かれていて、ちり一つ落ちていない。

脳内の桜庭さん情報をさぐる。桜庭さんのご家族は音楽一家で、それぞれ演奏活動で飛び回っているため、家族が顔を合わせることは年に数えるほどしかない。生活に家族感が希薄。でも、それはとても新鮮だった。桜庭さんに友達はいるけれど、音楽関係者ばかりだから、ピアノが弾けなくなった今は、疎遠《そえん》になってしまっている。仕事——は休養中。

それなら、外出してみよう。

突然、そう思った。外に出て、桜庭響として歩いてみたい気分になった。

クローゼットを開けると、演奏会用ドレスのほかに、見たこともない高そうな服がぶらさがっている。桜庭さんは細身でスタイルがいいから何を着ても似合う。海外のコスメもそろっている。もとがいいと、化粧だって楽しい。

そのとき、スマホにまた着信があった。画面に表示された番号を見て驚いた。自分のスマホからの着信だ。

「もしもし」

「山田さんですか？　あの……桜庭です」

電話口から自分の声が聞こえてくるのは、変な感覚だ。

「突然すみません。本当はお互いに連絡取り合うのは契約でNGらしいんですけど、そちらの様子が知りたくて。どうですか？　何か、不自由なことはないですか？」

「ないです。全然。快適に過ごさせてもらっています」

「そうですか。ならよかったです」

「桜庭さんこそ、うち狭いでしょう？　大丈夫ですか」

「いいえ、こういう生活に憧れてました。今日、パートの日ですよね。がんばって仕事してきます。そのあとは、病院に行きますね。山田さんのお母さんに会うのは勇気がいりますけど、ばれないようにしないとですね」

「ありがとうございます。母を……よろしくお願いします」

「はい」

＊＊＊

桜庭さんの体はすごい。私はすぐに気に入った。桜庭さんの顔を見て、道行く人が皆、振り返る。それに、桜庭さんは金持ちだ。下世話な話だけど、銀行口座には見たこともない金額の残高がある。それ以外に財布には親名義のプラチナカードやゴールドカードが何枚も入っていて、金額を気にすることなく買い物ができる。

もちろん、いいことばかりではない。桜庭さんの体の問題点にも気づいた。桜庭さんは話さなかったけれど、体のあちこちに傷がある。一目でわかった。自傷行為の痕《あと》だ。でも、服を脱がなければそれがばれることはない。運動不足なのか、少し動くと息切れがするけれど、それは鍛えれば改善されると思う。

私の足は自然とカフェ"La queue du chat《ラクウデュシャ》"に向かった。久しぶりにマスターのコーヒーが飲みたかった。マスターは生の桜庭響を見たらどう思うだろう。憧れのピアニストが店に来たら……。マスターの反応を想像すると、胸が高鳴った。

「いらっしゃいま――」

帽子とサングラスで変装していたけれど、マスターはすぐに入ってきたのが桜庭響であることに気づいた。動揺を面《おもて》に出さないようにしているけれど、動きがいつもよりぎこちない。

「ご注文は？」

「本日のおすすめコーヒーを」

「かしこまりました。砂糖とミルクはおつけしますか？」

「あ……いえ、結構です」

そう答えたあとで、あれ、と思った。私はコーヒーを飲むとき、ミルクと砂糖をたっぷり入れる。なのに、なぜか今は甘い物がほしいと思わない。桜庭さんの体だからだろうか。

「どうぞ。うちで焼いてるクッキーです」

マスターはいつものように、コーヒーに焼き菓子を添えて出す。それは、ぐるぐる巻きのネコの尻尾だったり、肉球だったり。日替わりで、いつも楽しみにしている。この日は細長いネコの尻尾だった。チョコレート味。それを口に入れる。

(え……？)

一口かじって、私はクッキーをまじまじと見つめた。このクッキーは以前も食べたことがある。そのときは、さくさくとした食感がとてもおいしいと思った。レシピが変わったわけではないと思う。ただ、正直言って――。

(おいしいと思えない……)

いや、そんなことはない。気をとりなおして私はもう一度、クッキーをかじった。

桜庭さんの健康診断の結果を見たけれど、彼女に味覚障害はない。ちゃんと小麦粉の香りも、甘味も感じとれる。でも――前に食べたときはこんな味ではなかった。

(こんなに甘かったっけ……)

それに、このコーヒーを飲んだときも、以前の体ほど、幸せが感じられない。マスターはいつも、自分の気持ちに寄り添うような、完璧なコーヒーを淹れてくれた。なのに、なぜだろう。前はおいしいと感じたのに。

いや、おいしくないというわけではない。ただ、幸福感のようなものがなくなってしまった。そう、あくまで普通のコーヒーとクッキーなのだ。

桜庭さんが――甘い物を苦手とする体質だからだろうか。

違和感はほかにもあった。店内にはジャズ音楽がＢＧＭで流れている。前はぼんやりと音楽が流れているとしか感じられなかったのに、今は曲名がわかる。確かビル・エヴァンスの——。

「Waltz for Debby」

そう呟くと、食器を拭いていたマスターが少しだけ顔を上げ、こちらを見た気がした。

桜庭さんの記憶が残っているからだろうか。この曲をカバーした演奏者たちの、演奏レベル——どの楽器がミスをしたか、テンポのみだれも、わかってしまう。

どうしよう。マスターには悪いけれど。

(落ち着かない……)

お店も、コーヒーも、お菓子も、何ひとつ変わっていない。変わったのは——自分だ。

他人の体になるということは、やはり、以前の自分と完全に同じようには過ごせないということなのだ。桜庭さんの体を得ても、ピアノを弾きたいという欲求や焦《あせ》りはない。

でも、このカフェに対しても、以前のような気持ちではいられなかった。マスターの低い声を聞いても、マスターの大きな手を見ても、心が反応しない。桜庭さんは男兄弟の中で育ったから、男性に免疫《めんえき》があるのだろうか。それとも——。

私はコーヒーをすすった。なぜ、このコーヒーは普通のコーヒーになってしまったのだろう。

考えてもわからないけれど、それは少しだけショックなことだった。

個人的な推論だけど、マスターに好意を持ったり、彼が淹れるコーヒーや、このカフェの空間を好ましく思ったのは、自分が——山田尚子だったからだ。山田尚子の体と、山田尚子が積み重ねてきた過去の時間がないと——他人の体では、同じような感覚を持てないのかもしれない。

「あの……」

会計のときにマスターは周囲を気にしながら、囁《ささや》いた。

「失礼ですが、桜庭響さんですか？」

「はい」

「……ファンです。復帰を待っています」

早くよくなるといいですね。そう言って、マスターは緊張気味におつりをさしだした。

こんな至近距離でマスターの顔をじっと見つめたことはなかった。思ったより睫毛《まつげ》が長いなとか、黒い髭の中に少しだけ白髪もあるんだな、という発見があった。でも、彼の顔を見ても、手にふれても——以前ほどドキドキはしない。

「ありがとうございます」

おつりを受け取ると、私は彼のさしだした右手を両手で包むようにして、握手した。

桜庭響として、カフェに座っていて思った。穏やかな時間、穏やかな場所、マスターのように大人で穏やかな男性は、山田尚子が求めるもの。桜庭響はそこに幸せを見出《みいだ》さない。

完全に桜庭さんの体になったら――自分はきっと、このカフェに来なくなるだろう。別のところに幸せを求めるのだろう。そういう確信のようなものを感じた。

店の外に出ると、街路樹の桜が満開になっていた。

もう、桜を見ても、胸がざわざわすることはない。けれど、少しだけさびしかった。

山田尚子の体だったときに感じた幸福感は、一体どこにいってしまったのだろう。

六

「桜庭響として一週間が経ちますが、いかがですか？」

ショッピングモールで買い物をしていると、黒いスーツ姿にサングラスをかけた永さんがあらわれる。彼の服装は客層から浮いていたけれど、気にする人はいなかった。

永さんにうながされ、私はベンチに座り、中間報告をする。

「すごく幸せです。今までの生活が嘘のようです」

「それはよかったです」と永さんはほほえんだ。

「永さん、私の前の方がライフ・トレードの権利を辞退したというのが信じられません。別の人生を選ぶことができて、本当に、幸運なことだと思います」

「今のところ、山田様、桜庭様、お二人の体に拒絶反応は起きていないようですね」

二人の一週間のデータを確認しながら、永さんは言った。

「桜庭様も山田様の人生を楽しまれているようです」

「楽しめることがあったでしょうか」

「誰にも話しかけられないのがいいとおっしゃってました。それと、結婚相談所の酒井さんという方とのおしゃべりが楽しいと」

「母についてはなにか言ってましたか？」

「いいえ、特に」

「そうですか」

「……お母様のことが気にかかりますか？」

永さんの言葉に私は顔を上げた。今は桜の季節だから、ショッピングモールの各店舗は桜で飾り立てられている。

「永さんは、桜を見て、胸がざわざわすることはありませんか？」

「山田様は桜を見ると、動悸《どうき》がされるのですか？」

「桜を見たり、母の笑顔を見たりすると、胸がざわざわするんです。おかしいですよね」

「条件反射でしょうか」

永さんは言った。

「条件反射？」

「パブロフの犬——って聞いたことがありませんか？」

そう言って、永さんは説明してくれた。犬に餌《えさ》をあたえるとき、ベルを鳴らしてからあたえるということを繰り返すと、犬はベルを鳴らしただけでよだれを垂らすようになる。

「例えば、梅干しを見ると、食べなくても、唾液《だえき》がでることがありますよね。そうやって条件をつけられると、その反応は自動的に発動するようになります」

「永さんは物知りなんですね」

「一般教養の範囲です」

永さんはさらりと言った。

「つまり、山田様は桜を見ると、そのあとに悪いことがあると——条件反射で、体が覚えてしまったんです。脳だけでなく、体もネガティブな感情を記憶するんですよ。だから、桜を見ると、動悸が激しくなったり、体に不調をきたすことがあるのです。一種のトラウマのようなものと言えば、わかりやすいでしょうか」

（トラウマ——）

そうかもしれない。桜も、母の笑顔も——ある種、幸せの象徴なのに、私はそれを見ると、胸がざわざわする。悪いことが起きるのではないかと予感し、悪いことが起きると、ああ、やっぱりと思う。

「条件反射で覚えたことは、同じように条件づけを上書きすれば、解消されます。今も、その症状は出ますか？」

「いえ、桜庭さんの体になってから、なくなりました」

「では、よかったですね」

「はい」

それでは来週――と言ってサングラスをかけ、立ち上がった永さんを引きとめる。彼ともう少し、話がしたかった。

「あの、永さんはこのお仕事は長いのですか？」

「プライベートなことはお答えできません」

「永さんは人生に絶望したことはないのですか？」

「プライベートにかかわる質問はご遠慮ください」

「そうですよね、すみません」

「山田様は、人生に絶望したことを――お話しされたいのですね」

永さんは私の意図を汲《く》み、ベンチに座り直した。ああ、そうだ。人は自分が話したいことを、先に相手に質問する。これは――母がよくやっていたことだ。

永さんと話すのは楽だ。彼は――自分より少し若く見えるのだが――気配りが行き届いている。そう、教育されたのだろうか。

「あの、山田尚子の記憶が残っているうちに、聞いてもらえますか？」

「ええ。もちろんです。山田様のメンタルのケアも、私の仕事ですから」

「人生というより、私自身に絶望したことなんですけれど——」

それは父が亡くなったときのことだった。脳卒中で倒れた父は、持病もあり、余命がそう長くないと医者に告げられていた。あらかじめわかっていても、いざ亡くなると、そのときの動揺はすさまじかった。突然のことで、母は泣き崩れた。葬儀の間もずっと泣き続けていた。

「私は父が亡くなったときも、父が埋葬されたときも、母のように泣けなかったんです。母は——さぞかし、私を冷たい人間だと感じたと思います」

「泣ける、泣けないは人それぞれですから。普段から人前で泣けない人は、自然と我慢してしまうものですし、ショックが大きすぎると逆に泣けないものです」

永さんは穏やかに言った。慰めてくれたのかもしれない。

「それから、しばらく経って、すべてが落ち着いた頃に、やっと泣けたんです」

しかし、それは——父の死を悲しんだからではない。父が死んで、自分がほっとしていることに気づき、こぼれた涙だった。

大切な親が死んだのに——親が死んでほっとしているなんて、なんてひどい娘だろうと思った。でも、そのときは心身ともに限界だった。そのせいだと自分に言い聞かせた。自分はそんなひどい人間ではないはずだ。だから、残された母に対して、いい娘で、母親孝行をしようと思った。そうすれば、父が亡くなったときのような、ひどい感情は芽生えないはずだ。胸のざわめきも――いつか消えると思った。

「でも、だめでした。このまま母と一緒にいたら、私は母が死んだときに、すごくほっとするんだろうなって思いました。父が死んだときと同じように、泣けもせず、ただほっとするんだろうなって。そしてまた自分に絶望するんだろうなって。そんな人生は嫌だと思ったんです」

「だから、ライフ・トレードを決意されたのですか?」

「かもしれません。聞いてくださってありがとうございます。……すみません、つまらない話で」

「いえ」

話を聞き終えた永さんは、いくぶん躊躇《ちゅうちょ》しながらも、こんなことを言った。それはライフ・トレード社の社員ではなく、彼個人の言葉なのかもしれなかった。

「山田様、人生は時間と経験の積み重ねなんです。人生で得たことは、どこかでつながり、思いがけない出会いをもたらします。ある人にとってはそれは『ライフ・トレード』かもしれませんし、ある人にとっては――」

彼の最後の言葉は、雑踏の音にかき消された。

永さんに吐き出したら、気持ちが楽になった。

試用期間が終わり、完全に桜庭響になったら、過去の自分に関するものとの接触は禁じられている。記憶が消去されるから、仮に接触しても、覚えていないだろうけれど。

そうなったら、今後、母に会うことはない。

永さんに母の話をしたせいだろうか。永さんと別れたあと、私の足は、自然と病院に向いた。

母に会いに行くわけではない。指の――ジストニアの効果的な治療法を聞きに行くのだ。そう、自分に言い聞かせる。

病院の桜は咲き誇っていた。

遠くから見ると、薄青の空に浮かぶ雲のように、たなびいている。

最後に病院に行ったときは、母と桜の話をした。つい最近のことなのに、どこか遠い記憶のようだ。

脳神経外科での診察を終え、私は入院病棟に行った。ここの三階に母の病室がある。

今の時間帯、山田尚子になった桜庭さんは来ない。だから、最後に少しだけ、顔をのぞいてこようと思った。なのに、足が竦《すく》んでしまう。母のことを考えると、胸がざわざわする。

（桜は大丈夫だったのに――）

あきらめて、私は中庭のベンチに座り、ぼんやりと桜の木を見つめた。立派な桜の木の下で、入院患者とその家族たちがお花見をしている。この日の午前中、院内でお花見のミニ・コンサートがあったせいか、普段より人が多い。少し離れたところで、診察を終えた人が、桜の枝ぶりをスマホで撮影している。

ライフ・トレードが完了すれば、母は他人になる。母の世話も、借金のことも、自分には無関係になる。今更、他人の姿で母に会う意味があるだろうか。

やっぱり、母の顔を見ずに帰ろう。そう思ったときだった。

「なおこ？」

自分の名前が聞こえ、反射的にふりむいてしまった。そこに「なおこ」という人はいなかった。いたのは、車椅子に乗った母だった。検査から戻るところだ。

ふりむいてはいけなかった。自分は今、桜庭響なのだから。でも、視線を逸《そ》らすことができなかった。なつかしかった。二週間会っていないだけなのに、何年も会っていない気がした。

私の顔を見た母は、顔に驚きの表情を浮かべた。

「あら、ごめんなさいね」

取り繕うように笑った。顔の前で手を大きくふるのは、母の照れ隠しの仕草だ。

「なんだかうちの娘のような気がして。どうしたのかしら。こんなきれいなお嬢さんがうちの娘のはずがないのにね。ああ、桜がきれいねえ。隣、いいかしら」

母はぎこちない動きで車椅子を操作し、私の隣にやってきた。

誰にでも話しかけるのは母の性分だ。だけど、緊張と驚きで、私の心臓はどうにかなってしまいそうだった。

「あなた、まだ若いのにどこかお悪いの？」

年配女性特有のずうずうしさで、母は訊いてきた。

「あの……。指が……動かなくて、脳神経外科に」

「そうなの。大変ね。私はねえ、見てのとおり骨折。段差で転んじゃってね。捻挫だと思ってたら、骨折だったのよ。くるぶしの骨折。入院しているうちに、このとおり車椅子の使い方が上手になったの」

そう言って、母はころころ笑った。母が他人に質問する内容は、基本、自分が話したいことだ。だから、相手の指がどういう状態なのか、深く踏みこんで聞いてくることはない。

「そうそう、これ、あげる」

母はガウンのポケットから個包装のチョコレートを取り出した。

「娘が持ってきたの。でも、私はいらないから」

娘──ということは、桜庭さんが買ってきたもの──外国製の高級チョコレートだ。

（私の財布にこんなチョコレートが買えるお金入っていたっけ？）

一瞬、余計なことが脳裏を過《よぎ》ったが、首をふる。自分はもう、山田尚子とは無関係だ。

母は私の手をとると、無理やりチョコレートを握らせた。しばらく会っていなくても、母は変わっていなかった。人からもらった物を簡単に人にあげてしまう——母のそういうところが昔から苦手だった。

「いいえ、結構です」

「そんなこと言わないで。ね、食べてみて。ポケットの中に入れていたけど、溶けてないと思うから」

返そうとしても、おしつけられる。桜庭さんのような人にお菓子をあげられる母は、ある意味、すごいと思うけれど。母がじっとこちらを見ていたので、しぶしぶチョコレートの包みを開いた。母は満足そうに笑った。

「桜ってきれいねえ、美味《おい》しい？」

「ええ」

桜庭さんの舌は甘いものが好きではないようだ。だけど、カフェのクッキーよりは、こちらのチョコのほうが好みらしい。

「ありがとうございます」

「病院っていいわね。お見舞いでいろんなものをいただくのよ。親切にしてもらえるし、余計な人が来ないから、騙されることもない」

　ぎょっとした。母は一体、何を言い出すのだろう。

「ねえ、なにかのご縁だから、おばさんの懺悔《ざんげ》を聞いてくれないかしら」

　母はそう言って、桜の木を見上げた。私の答えを待たずに、母は語りはじめた。

「先月ね、変わったことがあったのよ。私宛てに奇妙な招待状が来たの。あなたは幸運です。人生をトレードできますって。おかしいでしょう？　そんなことできるはずないのに」

　それを聞いた途端、息がつまりそうになった。

　母が受け取ったのは、ライフ・トレードの招待状だ。

「うちには、昔からその手のハガキとか、電話がたびたび来るの。貧乏人をよく見つけるものだと思うわ。でも、私も亡くなった夫と同じで、そういう甘い話にいつもひっかかるのよ。健康状態がよくないときは、あやしい健康食品や水を買ったりして……娘に迷惑をかけたの」

　私は母の横顔を見つめた。

「だから、今度こそは娘に迷惑をかけたくなくて、断ろうと思ったのよ。そうしたら、その会社は権利を娘に譲渡できると持ちかけてきたの。人生を再スタートという意味はよくわからなかったけれど、娘が生活苦から逃れて、幸せになれるのなら——そう思って、権利を譲渡したの」

私は体の震えを、気づかれないように、手でおさえた。そうだったのか。私にライフ・トレードの権利が回ってきたのは、母が譲渡したからだった。

「ただ、譲渡のためには、まとまったお金が必要で、かき集めたけど足りなくて――私は娘の名義を使って、お金を借りたの」

「それって……」

「犯罪になるんでしょうね。でも、そのときはそうは思わなかった。娘が新しい人生を得られるなら、犯罪者になってもいいって思ったの。だって、私と無関係になるなら、私が犯罪者になっても、娘の将来に差し支えることはないでしょう？　でも、悪いことはできないわね。あわてて銀行に行ったから、私は道で転んで、このとおり」

母は笑って、ギプスで固定した足を示した。

「でもね、そうやってお金を作ったけど――やっぱり騙されたのかもしれないの。ライフ・トレードの権利を譲渡して、娘は新しい人生を送れるようになったはずなのに、毎日お見舞いに来るの。お土産なんていらないのに、持ってくるのよ。そんなお金があるなら、貯めて自分のために使えばいいのに。私は――娘にひどいことをしたのに」

ライフ・トレード社は不幸指数を測定し、招待状を送る相手を選別している。私より母のところに先に招待状が行ったということは、母のほうが私よりはるかに不幸だと測定されたのだ。

しかし、母の話を聞きながらも、私は身構えた。相手の同情を引いておいて、お金を借りる話を持ち出してくるかもしれない。母のその手口を、私は何度もこの目で見てきた。

「あの……」

「私は山田っていうの」

「山田……さんは、なぜ、ライフ・トレードの権利をご自身で使わなかったんですか？　新しい人生を再スタートって、よくないですか？」

「この年で人生を再スタートっておかしいでしょう」

「でも……若い体に生まれ変われたかもしれないじゃないですか」

「あなた、若いのにおもしろいこと言うのね。ＳＦ映画とか好き？」

「あまり……」

そう答えると、母はころころと笑った。

「なぜって、そんなのは簡単よ。思い出を失いたくなかったから」

（思い出を失いたくなかった？）

私は確認した。

「ご主人との……ですか？」

「違うわ。娘とのよ」

――私？

「あまり器量よしに産んであげられなかったんだけどね。私の宝物なの」

　思いがけない答えに、一瞬、呼吸ができなかった。母の顔を見ることができなかった。そんなことを言ってもらったことは、生まれて一度もなかった。

「うちの娘……尚子っていうんだけどね、難産だったけど、体だけは丈夫だったの。あの子が生まれたときは、人生で一番幸せなときだった。皆がお祝いをしてくれたの。夫はね、尚子が生まれたときに裏庭に桜の木を植えたの。いつか一緒に桜の花を見られるようにって。その木は燃えて、今はないんだけど——。だからこそ、私は尚子を産んだ記憶だけは失いたくなかった」

　母に言われて実感した。ああ、そうか。ライフ・トレードというのは、自分の人生——過去の思い出を棄《す》てる行為。家族を、友達を——今までの時間をすべて失うことなのだ。

「私はね、娘の思い出が三十年ちょっとあるの。だから、きっとこの先も一人で生きていける」

「娘さんがいなくてもいいんですか？」

「いいのよ。私は……娘を不幸にしてしまうもの。私にできるのは、人からもらったものを誰かにあげるだけ」

　私は手の中のチョコレートの包み紙を見つめた。甘い味の、小さな幸福。

「母親になるとね、自分がお腹いっぱい食べられなくても、子供が食べている姿を見るだけで、幸せを感じるものなのよ」

母はこうやって、すぐに自分にあたえられた幸せを人に譲ってしまう。

もしかすると、母は、私以上に――幸せのなり方を知らなかったのではないだろうか。

「あら、すごい風」

母は顔を覆《おお》った。突然の強い風に私も髪の毛をおさえる。

瞬間、桜の花びらが、頭の上からふってきた。まるで、雪のようにふりそそぐ。

「お父さん、お母さん、桜吹雪《ふぶき》。すっごいよ。きれい！」

病院の中庭で、小さい女の子が大声で叫んでいた。

その声は、私の――脳の片隅で眠っていた記憶を呼び覚ます。

あれは、遠い、遠い記憶。

新居の裏庭に、作務衣《さむえ》を着た男性が立っている。一度たりとも忘れたことはない。あの人は――。

（お父さん……）

お父さんは若くて、背中がしゃんとしていて、髪が黒い。お父さんの前には背丈くらいの桜の木。なかなか花がつかなくて、お父さんは考え込んでいた。

「オトシャン」

私に気がつくと、お父さんはこちらを向いた。小さな――三歳くらいの私を抱き上げる。

「……ハナ……オ……シャカシャン……」

私が口にした呪文のような言葉は、当時、母が読んでくれた日本昔話を聞いておぼえたもの。幼かった私は、花咲かじいさんの「枯れ木に花を咲かせましょう」がうまく発音できなかった。

私はとことこと歩き、地面の砂をすくって、桜の木にかけた。

絵本の挿絵を思い出して、やってみたのだ。おじいさんが灰を撒くと、枯れた木に満開の桜が咲いた。そうすれば、桜が咲くのではないかと思ったのだ。

「ハナシャカ……シャン、シャカシャン……」

父と母は、懸命に砂をすくって木にかける姿の私を見て、笑った。そして、私の真似をして「シャカシャン」と繰り返した。

不思議なことに、その翌年、桜の木は見事な花をつけた。

「シャカシャン」

私の顔を見ると、父と母は思い出したように言って、二人で笑い合った。

舌ったらずな私が言った、呪文のような言葉。それは二人にとっての——幸せの言葉だったのかもしれない。

「大丈夫？」

車椅子の母は、私の顔をのぞきこむ。長い歳月が経ち、かつて、私と同じくらいの年だった母は、白髪が目立ち、皺《しわ》が増え、おばあさんのようになってしまった。小さな少女は、若かったときの母の年を越えてしまった。

「なんでもないです。ちょっと風で目にゴミが入って……」

私は目のゴミを取るふりをして、涙をぬぐい、桜の木を見上げた。

ああ、そうか――。私にも楽しい思い出はあったのだ。ただ、つらいことがたくさんあったから、簡単に思い出せなくなっていただけなのだ。

自分の頭を撫《な》でる父の手の感触。「尚子」と呼ぶ声。料理人の父は、大きなおにぎりを握って食べさせてくれた。お祭りのときは肩車をしてくれた。どうして忘れていたのだろう。私は、父が大好きだった。

（お父さん……）

父が亡くなって、五年。

長い時間を経過して――やっと、私は父のために泣けたのだった。

雪のように、舞い散る桜の下で。


翌日。私はライフ・トレードを辞退した。

「本当によろしいんですか？」

永さんに何度も念を押されたけれど、私の心は決まっていた。

双方の同意がなければ、ライフ・トレードは成立しない。桜庭さんには申し訳なかったけれど、私は「山田尚子」に戻った。

「何かありましたら、こちらにご連絡ください」

永さんにもらった携帯の電話は、サポート期間の二週間が経つと、使えなくなった。

それと同時に、頭の中にあったライフ・トレードに関する記憶も消去される。スマホに録音していた永さんとの会話のやりとりも消えていた。

その後、桜庭さんのことは知らない。新聞のコラムで顔写真と名前を見たきりだ。その桜庭さんの中の人が、自分が会った桜庭さんなのかどうかまではわからない。

あの日、あったこと――豪華なパーティーも、自分が桜庭響として過ごしたこと、黒いスーツを着た永さんのことも、忘れてしまった。すべて夢で見た幻だったように。

七

桜の時季が終わった四月下旬。

結婚相談所を訪れると、担当の酒井さんが私を待っていた。

「この間の婚活イベント、山田様、格好よかったですよ」

「はあ？」

私は酒井さんの話がさっぱりわからない。婚活イベントに参加した記憶もない。

「何を言っているんですか。あの、ミュージシャン崩れの男性客。以前から、女性客に絡《から》むので困っていたんですよ。どこどこの音楽院で勉強したとか、どこどこの有名な先生についてピアノを習ったとか、コンクールでなんとかのエチュードを弾いて入賞したとか。ほとんど嘘なんですけどね」

「そうなんですか」

「あまりに虚言がひどいので、そろそろ止めないといけないなと思っていたときに、山田様が、こうやってすっと立ち上がって……」

酒井さんはそのときのことをジェスチャーつきで、再現してくれる。

「『あなた、どこどこの先生についていたとおっしゃったけれど、いつのことですか？お住まいはここ数年、ずっと東京なんですよね。その期間、先生はNYにお住まいで、来日したという情報も聞いていないんですが、あなた、NYに行かれたんですか？』って。そのときのあの男性の顔ったら、もう……」

「はあ……」

「男性のライフがゼロになるまで追い詰めた挙句、最後には『そのくらいの知識とレベルで先生の弟子と名乗るのは、たとえ嘘でも、先生にご迷惑ですから、おやめください。それに音楽家を名乗るのでしたら、ちゃんとそのときのコンクールの課題曲を調べたほうがよろしいですよ?』って。く〜〜。本当にかっこよくて、山田様のファンになっちゃいましたよ。山田様、最初から地を出しておけば、絶対に結婚相手が見つかったと思います」

「全然覚えてないんですけど……」

「だから……」

酒井さんは私の顔を見つめた。

「私の力が及ばず、山田様が退会されるのは本当に残念です」

そう、私は結婚相談所を退会した。

母がリハビリの末、歩けるようになった頃、派遣の仕事を辞め、二人で引っ越した。昔家族三人で住んでいた長野で、人生を再スタートすることにしたのだ。その町で介護施設を経営している、父の昔の知り合いから連絡があったのがきっかけだった。私と母は住み込みで、その施設の食堂で働くことになった。母は昔、父と食堂を切り盛りしていたから、その仕事が性に合っていたようだ。毎日、元気に入居者たちと冗談を言い合って、過ごしている。

一つ、不思議なことがあった。

引っ越しの前夜、「A」という匿名《とくめい》の人から、返金という名目で、数十万円ものお金が送られてきたのだ。それを見た母は、「それ、夜逃げしたお父さんの友人夫婦からじゃない？　ま、お詫《わ》びにしても、全然足りないけどね」と言って笑った。

そのAという人の正体はわからない。送り主の住所は書いていなかった。だけど、私たちはそのお金をありがたく受け取ることにした。

母は「よかった。これで、借金が返せる」と喜んでいた。なんの借金かわからないけれど、もう借金は完全にないと言ったので、これ以上母を追及しないことにした。


介護施設の食堂は三時から五時までコーヒータイムになる。

その準備をしていると、買い物帰りの母が息をはずませ、やってきた。

「ねえ、尚子。前のうちのところを散歩したらね、桜の木があったのよ」

「嘘！」

「絶対、あれ、うちにあった桜よ。日曜日、二人で見に行かない？」

「行く！」

「了解！」

母が食堂を出たあと、私はジャズのCDを流す。桜庭響というピアニストのジャズだ。

以前、行きつけにしていたカフェのマスターにもらった思い出の品。私に音楽の良し悪しはわからない。だけど、彼女の演奏から、音楽が好きなんだという気持ちが伝わってくる。

聴けば、聴くほど、彼女のピアノが好きになった。

ジャズナンバーを聴きながら、サイフォンでコーヒーを淹れる。

アルコールランプで熱せられたガラスの容器の中、湯が沸き上がり、上のロートの中に入ったコーヒーの粉と混ざり合い、コーヒー液が抽出される。髭のマスターの見よう見まねだけれど、ぼこぼこと上下するコーヒー液を見るのは楽しい。丁寧に淹れた分だけ、気持ちが落ち着く。

普通に生活しているだけでも、気が滅入《めい》ることは多い。けれど、おいしいコーヒーを飲むと、どうにかなるのではないかとも思う。

そういえば誰かが言っていた。

――人生は時間と経験の積み重ねなんです。人生で得たことは、どこかでつながり、思いがけない出会いをもたらします。ある人にとってはそれは「ライフ・トレード」かもしれませんし、ある人にとっては――。

「すみません、ブレンド一つ」

「はーい」

声をかけられ、私は顔を上げる。介護施設の食堂を利用する常連の男性客だ。近くの小学校の先生とかで、いつもジャージ姿であらわれる。

「ブレンドお一つですね？　いつもありがとうございます」

「あの、ここのコーヒー、おいしいですよね」

「淹れ方にコツがあるんですよ」

「へえ……」

喜んでもらえると私もうれしい。

コーヒーを二杯飲み終えて、支払いが終わっても、その男性はずっとレジの前から動かなかった。おつりはとっくに返したのに、帰ろうとしない。

「どうかしましたか？」

「あの……」

彼の顔は真っ赤だった。

「よかったら、お名前を教えてもらえませんか？」

真っ赤になっていたのは、多分、彼の顔だけではなかったと思う。

店内をゆったりとしたジャズの名曲が流れていた。その曲名は、『Waltz for Debby』だったかなと、私は頭のどこかで考えた。

The Life Trade 2

Hibiki Sakuraba

第一章

序

二十六歳のとき、私はＮＹ《ニューヨーク》に住む魔法使いに弟子入りした。

私はピアニストの卵で、国際的なコンサート・ピアニストになるべく、海外の音楽院に留学し、有名な先生に師事し、研鑽《けんさん》を積んでいた。

私の父は国際的指揮者の桜庭《さくらば》徹《とおる》、母はピアニストの桜庭雅《みやび》、一番目の兄の聡《さとし》は作曲家で、二番目の兄の奏《そう》はヴァイオリニスト。

世界をまたにかけて活躍する音楽一家の「サクラバ・ファミリー」の名を知らない人はおらず、末っ子の私も三歳からピアノの英才教育を受け、子供の頃は国内コンクールで数々の賞をとり、「神童」と呼ばれた。

私に求められたのは若手ピアニストの登竜門である国際コンクールでの優勝と、華々しいプロデビューだった。が、二〇一五年、二十四歳のとき。満を持して出場したコンクールで、私はあっけなく予選落ちした。当然、周囲はざわめいた。

「あの桜庭響《ひびき》さんなら、ご両親のコネで予選くらい簡単に通ると思ったのに」

「審査員の中には桜庭さんのお母さんの友人もいたんでしょう？　なのに、一次にも通らないなんてね」

志願者の多い国際コンクールでは通常、出場者を決定するための予備審査が行われる。事前に出場希望者から送られた書類、課題曲の演奏動画によって、ふるいにかけられるのだ。その予備審査に私は落ちた。「サクラバ」の名前がありながら——あなたの演奏は会場で聴くには値《あたい》しませんと言われたのだ。

予備審査を行うのは、審査員の名だたる音楽家ではなく、事務局の人間だ。なので、何かの手違いの可能性もあった。

当時私が師事していたフランス人の先生は、事務局に問い合わせるべきだと息巻いた。また、私の両親に言って、事務局に直接確認を入れてもらうようにとも言われた。でも、私は両親の名前を使いたくはなかった。第一、両親はそんなことで動く人ではない。落選しているのに、ねじ込まれるようなこともいやだし、音楽家の世界の人間関係は複雑だから、自分のせいで両親の評判が落ちるのもいやだった。

ショックで寝込みそうだったけれど、その国際コンクールの年齢制限を見ると、もう一度出られるチャンスがあった。だから、今回は縁がなかったものだと思い、別に予定していたコンクールに向けて練習した。それは特別、大きなものではなく、欧州のマイナーな地方国際コンクールで、こてしらべに軽く優勝して、自信をつけてきなさいという先生の配慮だった。

ところが、そこでも――私は一位なしの三位という成績だった。出場者たちのレベルは正直、低かった。私はその中で、圧倒的な演奏をした自信はある。私の上の順位だったコンテスタントの演奏も良いとは思えなかった。緊張のせいか、普段より速いテンポで演奏してしまい、終盤は指がまわらず、壊滅的だった。技術的にも、その子くらいのレベルの奏者は山ほどいるように思えた。なのに――優勝は私ではなかった。なにかの間違いではないかと思った。

「神童も二十《はたち》過ぎればただの人」

そういう言葉が私の周りで飛び交った。

私から言わせてもらえば、自分のことを神童とか、天才だと思ったことは一度もない。私は割と早いうちに、自分が天才でないことを自覚していた。

環境が環境だったから、五歳のときに父が指揮するオーケストラと共演し、国内デビューを飾ることができた。「天才少女」としてテレビ番組にとりあげられたこともある。が、本物の天才という人種は、ごく身近にいた。両親であったり、兄であったり――。彼らと比べると、私は出来が悪く、天才とはほど遠かった。

もちろん、プロのコンサート・ピアニストになる道はコンクールだけではない。かつては、有名コンクールに出ればエージェントがついて、華々しくプロの演奏家としてデビューという道がオーソドックスだったが、コンクールの出場経験がなくとも、プロ活動を行うことはでき、高い評価を得ている演奏家もいる。

しかし、兄たちが簡単にできた「国際コンクール優勝と華々しい国際デビュー」が自分にできないことが受け入れられなかった。私はひどいスランプに陥《おちい》った。

毎日、寸暇《すんか》を惜しんで練習しても、うまくならない。いや、もう、自分がうまくなっているのか、なっていないのか、それすらもわからなくなった。

先生に違うと言われて、そのときは直すことができる。でも、根本的に何がいけないのかわかっていないから、直したことを定着させることができない。

「ヒビキ、また同じところを……」

そう言われ、言われたところを直すけれど、なにがいけないのか、さっぱりわからなかった。先生に対する不信感もあったと思う。こんなひどい成績をとり、恥をかかせるくらいなら、なぜもっと若いときに国際コンクールに挑戦させてくれなかったのだろう。

その先生は現在、「サクラバ」の娘である私より有望な学生を教えるようになり、その子たちに夢中になっていた。その子たちは私と違い、先生の教えをするすると吸収し、どんどんうまくなっていく。先生からしても、伸びしろのない自分より、そういう子たちとのレッスンのほうが楽しいのだろう。

二〇一五年、その年最後に予定していたマイナーなコンクールでも、ファイナルに進めなかった私は、目の前が真っ暗になった。コンクールの入賞歴などたいしたことはないという人もいる。でも、たいていの人は演奏を聴く以前にコンクールの受賞歴でその人の実力をはかる。就職活動の履歴書と同じことだ。

もう一度、別の先生について勉強しなおすにも二十五歳という年齢は中途半端《はんぱ》だった。二十年以上もやってきたことは無駄だった――その絶望感はすさまじかった。

そのときの絶望はあとになって思えば、それほどの絶望ではなかったのだけれど、若かった私は家族にも相談できず、悩んでいた。私の家族は皆忙しいし、天才だったから、天才でない私の悩みを正しく理解してくれないのだ。

そんな私を救ってくれたのは、一人の魔法使いとその弟子だった。

魔法使いの名はオリガ・マリーニナ。ロシア系アメリカ人。七十歳を超えた彼女は、私が予選落ちしたコンクールの特別審査員だった。

当時、彼女はピアニストとしての第一線を退《しりぞ》いていた。録音嫌いの彼女のCDは一、二枚しか残されていないため、私は彼女の演奏を聴いたことがなかったけれど、母によると、マリーニナは若い頃、音色の魔法使いと呼ばれ、ピアニストの誰もが憧《あこが》れる伝説的存在だったという。

彼女は私の母経由で、私に国際電話をかけてきた。

「はじめまして、ヒビキ」

ニューヨーカーの彼女の英語は早口だった。

「あなたには足りないものがあるの。わかる?」

「音楽性でしょうか」

「いいえ、違うわ。魔法よ」

「魔法?」

冗談かと思ったけれど、マリーニナは本気だった。

「一流の音楽家は皆、魔法使いなの。魔法使いの素質がなければ、人を感動させることはできないわ」

それを言うなら、私は魔法使いの一家に生まれ育った。その一家のおちこぼれだ。

「私に魔法使いの素質がないとおっしゃるのですか?」

わざわざそんなことを言いたくて、国際電話をかけてきたのかと私は少なからずむっとした。

「いいえ」とマリーニナは穏やかに笑った。

「ヒビキ、あなたは――魔法使いとしての最低限の基礎修業はすべて終えたの。あと一歩なの。本物の魔法使いになりたければ、NYにいらっしゃい」

ほとんど面識のない彼女は私に希望をくれた。マリーニナは演奏家としてのキャリアを引退したあと、NY郊外――ニュージャージー州に私費を投じて、新しい音楽学校を作った。私はそこに呼ばれたのだ。

翌二〇一六年、私は、彼女に誘われるまま、NYに飛んだ。

私がそれまで長年師事していた先生が「マリーニナの招待なら」と言って、送りだしてくれたこともある。マリーニナは七十歳になるまで弟子をとらなかった。そのマリーニナの教えを受けられる絶好の機会を逃してはいけないと。

NYの音楽学校といえば、ジュリアード音楽院が有名だ。ジュリアードのヴァイオリン科に二番目の兄が留学していたため、NYには何度か行ったことがある。兄が留学中に住んでいたマンションも、そのまま使える状態だった。

そういうこともあって、両親はNY行きを許してくれた。最初はマリーニナの個人レッスンを受けるだけの予定だったが、学校から学生ビザを出してもらったほうが何かと都合がいいとのことで、形だけ学校に留学することになった。

マリーニナの学校は、正式名称はマリーニナ記念学校だが、頭文字のMを取って、「魔法使い養成学校」と呼ばれた。その学校では、マリーニナに才能を認められた生徒は、無料で音楽教育を受けられる。生徒たちは、人種も、年齢もさまざまだった。

教師の研究室のある本館に行くには、別館の――練習棟《とう》を通る。その建物の二階のフロアには生徒たちに開放された練習室があり、どの部屋からも防音扉を越えて、ピアノの音が聞こえてきた。でも、どの子もとりたててうまいとは思わず、名だたる音大や音楽院に入れなかった子たちを拾い上げたのだろうという印象を受けた。

　間違ったテクニックを積み重ねてしまった子たちが多い。力配分を考えずに弾くから、曲の後半で指やひじが疲れてしまって、思うような演奏ができない。それまで師事していた教師の指導が間違っていたのか、独学で続けたためか、正しい演奏技法が身についていない。ベートーヴェンのソナタを弾いている子は、フーガがわかっていない。メトロノームを使っているのに、メトロノームの音を聞かず、好きなように弾いている。

　自分がこの子たちの年齢のときには、もっと難曲を弾いていた。ここに来て、何か身につくものはあるのだろうか。家で練習したほうがまだよかったのではないだろうか――。

　いくぶん不安になりつつも、私はマリーニナの研究室に行った。この学校の学生になる以上、形だけでもオーディションを受ける必要があるとのことで、得意な曲をいくつか準備した。

「こんにちは、ヒビキ。よく来たわね」

　マリーニナは皺《しわ》だらけの顔をさらにくしゃくしゃにしてほほえみ、小さな手を私の前にさしだした。私たちは握手をした。

　伝説的なピアニストの手はとても小さかった。一オクターブちょっと届くか届かないくらいの手だろうに――第一線で演奏活動を続けていたことに私は驚いた。

　彼女はふっくらした体で、魔女のように黒いワンピースを纏《まと》っていた。黒い服が彼女のトレードマークのようだった。

彼女の研究室のピアノはニューヨーク・スタインウェイ。早速、演奏を――とピアノの前の椅子に座り、高さを調整していたとき、マリーニナは人差し指を唇に当て、私を窓際《まどぎわ》に招いた。

「今、ちょうどね。私の弟子が魔法をかけるところなの。聴いてみない？」

「魔法……ですか？」

私は魔法など信じていなかったけれど、窓際に行き、彼女の隣に立った。研究室の窓から向かい側の練習棟の一室が見えた。そこにいたのは、私と同じくらいの年齢の、白人の青年だった。

彼はせかせかとピアノの前に座ると、演奏をはじめた。彼が弾いたのは、ショパンの『練習曲《エチュード》作品一〇 - 一一』。

琴《ハープ》をかきならすという語源のアルペッジョの曲で、事実、琴をかきならすように演奏する。私はその青年の繊細な音に心を鷲摑《わしづか》みにされた。ほかの練習室からも激しい音が聞こえてくるのに、その音はまっすぐ私たちのところまで伝わってきた。

甘い響きと、和音の倍音が心地よい。軽いタッチで、即興演奏のように軽く弾ききってしまった。吹き抜ける一陣の風のように。

こんな音は聴いたことはなかった。まるで、魔法だった。

（これはなんなの？）

驚く私の顔を見て、

「ね？」

マリーニナはうれしそうにほほえんだ。

あとで自分で弾いて確認したけれど、練習室のピアノは満足に調律ができているわけではない。鍵盤ががたがたで、コンディションは悪い。弾きこなすのには時間がかかりそうな楽器だ。なのに、彼はいともたやすく美しい音を出した。

マリーニナの研究室で、オーディションを受けている間も、今後のレッスンの予定を聞いている間も、彼のピアノの音が聞こえた。

気まぐれな彼は、ショパンを弾いたかと思うと、リストの『鬼火』を弾き、ラフマニノフの『音の絵』を弾き、バッハの『フランス組曲』を弾き流し、各名曲の難所だけ、サビだけを弾き、最後はジャズ風にしめくくった。

こんないい加減な練習を聞いたことはなかった。マリーニナの顔を見ると、注意するどころか「あの子らしいわ」と、くすくすと笑った。

校内を案内するついでに、マリーニナは彼の、練習室の扉をノックした。

「練習の邪魔をしてごめんなさいね」

ややあって、ひょろりとした長身の、彫りの深い顔立ちの青年が廊下に顔を出した。深い、青色の双眸《そうぼう》が印象的だった。染めたであろう黒髪はハリネズミのようで、耳にも、鼻にもピアス。全身黒ずくめで、パンクロッカーのようなファッションに私は目を疑った。

「ヒビキ、紹介するわ」

彼の名はジェイソン・リード。この音楽学校の最年長生で、魔法使いの一番弟子だった。

「こう見えても、彼、世話好きなのよ。何かわからないことがあったら彼に聞いて」

「ヒビキ？　はじめまして」

「……はじめまして」

握手したジェイソンの手は、ごつごつとしていた。この人があの柔らかで繊細な音を出していたなど信じられなかった。


NYの家に帰って、私は彼が弾いた曲をさらう。あの音は一体なんだったんだろう。ジェイソンの演奏は、特に技術的にすぐれていたわけではない。不安定だし、ミスタッチもあった。ただ、音が異色だったから、その理由を考えているうちに、つい、最後まで聴いてしまっただけだ。

前についていた先生は重厚な演奏を好んだから、彼のような演奏をすると怒られたかもしれない。でもあの繊細なピアノの音。ピアノを撫《な》でるかのようなタッチなのに、音がかすれることなく、均等に弾けている。深みがあるのもすごい。彼の音と聞き比べると、自分の音はひどくあじけなく思えた。

楽譜通りに弾くことが一番。私は長年、そういう指導を受けてきた。私の先生はフィーリングで弾くことをひどく嫌った。フィーリングや、のりで弾く人はたいてい――基礎がなく、でたらめな演奏をしているだけだと。

だけど、彼――ジェイソンの演奏は、ちゃんと自分なりの解釈をもっての、説得力のある演奏だった。彼はベートーヴェンのソナタを弾いたとき、意外な音を拾い上げた。その音をつなげると、思いがけない旋律が生まれた。よく知っていた曲が、まるで別の曲であるかのような新鮮な感覚を抱いた。

彼の演奏を一言で言うと――魔法だった。彼の音をもう一度、聴きたくなった。きっと、私は――会った初日に、魔法使い養成学校で、魔法にかけられたのだと思う。

一

魔法使い養成音楽学校の生活は、これまでの留学生活と大差なかった。

学生寮はあるけれど、私はＮＹにある兄の家から学校に通った。ＮＹ市の西側のハドソン川を越えれば、すぐそこが学校のあるニュージャージー州だ。ニュージャージー州はガーデンステートと呼ばれ、緑が多く、閑静《かんせい》な住宅街があり、日本人も多く住んでいる。

音楽学校は住宅街から離れた、郊外にあった。建物の出入り口には、駅の改札口のようなセキュリティが設けられ、学生証のＩＤカードを読み取り機にタッチして通過する。

老朽化《ろうきゅうか》のせいで、よく故障するので、エレベーターを使う人は少ない。練習棟と本館の三階フロアにピアノが置かれた練習室があり、日々、熾烈《しれつ》な争奪戦が行われている。

私は週に二度、マリーニナ先生の自宅でのプライベートレッスンと学校でのレッスンを受けることになった。

マリーニナ先生のレッスンを受ければ、ジェイソンのような音が出るようになるかと思った。でも、レッスンは思っていたのとは違っていた。

私が最初に持っていったのは、ショパンの『ソナタ第三番』。ショパンを選んだのは、ジェイソンが弾いたショパンに感銘を受けたこともあるけれど、マリーニナ先生のショパンの研究と解釈には定評があったからだ。

マリーニナ先生は一楽章から四楽章まで、二十五分ほどの演奏を一気に聴いた。一度も止められることはなかった。

「ヒビキはその演奏でいいと思った？」

そう訊《き》かれて、「はい」と答えた。前の先生に習っていたときはこれでいいと言われたからだ。先生によって解釈の違いはあるので、マリーニナ先生の意見は違うかもしれない。

第一楽章の第二主題をもっと甘く、ロマンティックな感じを出すように、主旋律をもっと歌わせたほうがいい、もっと脱力しろ――とか。そう思って、マリーニナ先生の顔を見たけれど、特に何も言われなかった。細かい指導はほとんどなかった。

「ヒビキがそういうイメージを持っているなら、それでいいんじゃない？」

二、三、自分が持つ演奏イメージを訊かれただけだ。自分を呼んでくれたのだから――もっと積極的に――先生の長年の秘術のようなものを伝授してくれるものだと思っていただけに、肩透かしだった。

「じゃあ、次は来週ね」

「はい」

レッスン室を出ると、そこにいたのはジェイソンだった。髪をさかだてた彼は、重そうな、黒い革のロングコートを着て、楽譜の入ったバッグを持っていた。自分の次にレッスンを受けるのだ。彼に自分の演奏を聴かれたのがにわかに恥ずかしくなった。彼はくっちゃくっちゃとガムを噛《か》んでいた。

「ハイ、ヒビキ」

「ハイ」

「浮かない顔だね。何かあった？」

「別に。あなた、毎週この時間にレッスンを受けるの？」

「いや、ヒビキの前だったんだけど、遅刻した。寝坊したんだ」

そう言って、ジェイソンは大きな欠伸《あくび》をした。よく見ると、彼の無秩序な髪型は寝癖《ねぐせ》によるものだった。

「遅刻？　レッスンの前にマリーニナ先生によーく謝ったほうがいいわよ」

「あー大丈夫。先生も俺のことはわかっているから。じゃ、またあとで」

閉められた扉の奥から、すぐにショパンの練習曲が聞こえてきた。マリーニナ先生から遅刻を怒られた気配はなかった。

（信じられない……）

このことに、私はなぜか、ものすごくむかむかした。他人のことに心を動かされたことなんて、これまでほとんどなかったのに。ジェイソンは遅刻魔で、サボり魔だった。なのに誰も彼を咎《とが》めなかった。ジェイソンだから——の一言で許された。

ジェイソンが学校の外で何をしているか知らないけれど、練習が足りているとも思えない。譜読みが甘く、間違えて記憶してしまっている音さえある。

でも、悔しいけれど——彼の音楽はやはり魔法のようだった。

二

アメリカに来て二週間が経《た》つ頃、珍しく母から電話があった。アジアの音大での公開レッスンとセミナーがやっと終わったらしい。

「生活はどう？　お金は足りてる？」

「大丈夫」

「マリーニナのレッスンはどう？」

「普通。まだ本格的なレッスンははじまっていない」

「そう」

母は無駄なことを言わない。

「来週も、私は日本にいないからね」

「何かあるの？」

「奏が音楽フェスティバルに呼ばれたから、顔を出そうかと思って。コンクールの歴代優勝者が呼ばれたそうなのよ」

「そうなんだ」

兄は二人とも世界で活躍している。片や、自分はまだ何の肩書きもない。NYでは無名の存在。でも、だからこそ、早く追いつきたいと思った。

「留学期間は半年でいいの？」

「うん」

「じゃ、また来月あたりに電話するわ」

「わかった」


ほかの業界はよく知らないけれど、私が見てきた限り、音楽業界における師匠と弟子の関係にはさまざまな形がある。

あるときは親子のようで、あるときは祖父母と孫のようで。相手が異性なら恋人のようで、対等になることもあり、ライバルになることもある。相手がその業界の権威なら、絶対神としもべ。あとは、医者と患者という関係も成り立つかもしれない。

私がこれまで師事した先生と私の関係は、ごく普通の師弟関係だった。教師から一方的にあたえられるものを、ただ受け取るだけ。反論は許されなかった。教師は「自分の経験」を教えるわけであって、生徒の不完全な解釈や演奏を認めることはなかった。

音楽家は芸術家だから、ときには気分屋の先生にふりまわされることもある。エゴとエゴのぶつかりあいだから、嫌な思いもする。

マリーニナ先生の音楽学校でも同じだろうと思いきや、そうではなかった。

温厚なマリーニナ先生が生徒たちと対等に、音楽の解釈について激しく応酬《おうしゅう》し合っているのを見たり、アシスタントの先生とジェイソンがあわや乱闘といった口喧嘩《げんか》をする場面もあった。

なのに、私に対してはそういうことはない。日本では私が「サクラバ」の一員だから、教授側から遠慮の姿勢が見えた。まさか、この音楽学校でもそういうわけではないと思う。

事実、私がサクラバであることを知っているのは、マリーニナ先生だけだ。校内ではファーストネームで呼ぶから、ほかの先生は私のことを「ヒビキ」という名の普通の日本人の留学生だと思っている。そして、どことなくよそよそしい。

（アメリカ人相手と日本人相手では勝手が違うのかしら……）

ショパンのソナタの次に持っていったリストの『メフィスト・ワルツ』も、ペダルの使いすぎを注意されたくらいで、終わってしまった。こんなことなら、前の先生についていたほうがましだったのではないかと思うくらいだ。

レッスンが終わると、「そうだわ」とマリーニナ先生に呼び止められた。

「もうすぐ定期演奏会だけど、ヒビキも出る？　持ち時間は一人七分から十分くらい。皆、好きな曲を弾いているわ」

この学校では毎月、日頃の練習の成果を外部の客に発表する定期演奏会が設けられている。人前で演奏することで、ステージ度胸をつけるのが目的らしい。

「毎回、テーマが決まっているのよ。バッハを弾くとか、モーツァルトを弾くとか、現代曲を弾くとかね。でも、次回のテーマは、お客に楽しんでもらう……なの」

お客に楽しんでもらう――。となると、エンターテインメント性の高い曲がいいのだろうか。マリーニナ先生に相談したけれど、

「楽しむというところは、自分で考えてちょうだい。じゃあ、ヒビキは出るということでいいかしら」

「はい」

断る理由がないので、私は参加を申し込んだ。定期演奏会といっても堅苦しいものではない。お祭り的な要素が強く、お楽しみの一環として、人気投票が行われる。上位の得票者には学校の練習室の優先使用権があたえられるとあって、皆、目の色を変えた。

演奏順は決められていて――おそらく、年齢順だと思うのだけれど、私は最後から二番目だった。曲目は演奏前に自分で発表する。

黄色いTシャツに黒いストライプの、蜜蜂《みつばち》っぽい服装で、リムスキー＝コルサコフの『熊蜂《くまばち》の飛行』を演奏した変わり種はいたけれど、ほかの生徒たちは皆、オーソドックスに現在習っている曲を演奏した。

私は演奏会用のドレスを着て、リストの『メフィスト・ワルツ』を特にミスなく弾いた。普通に、いつも通りの演奏をした。それまでに弾いた子たちよりはうまいという自負はあった。

「すごい留学生が入ったね」

「あのアジア人の子、すごいね」

会場からのざわめきが聞こえた。私の次――トリはジェイソンだった。彼はいつものように、耳にも鼻にもピアスをつけていたけれど、この日は黒いスーツで、ネクタイを結んでいた。長身だから、さまになった。ふらふらとステージに進み出ると、拍手喝采《かっさい》だった。彼にはすでに一定のファンがついていた。

グランドピアノの前で一礼した彼は言った。

「ロンド・アラ・トゥルカ」

それはモーツァルトの『トルコ行進曲』だ。

（そんな簡単な曲を……？）

私は理解に苦しんだ。彼の軽いタッチにモーツァルトは合うとは思ったけれど、モーツァルトは小学生でも弾ける曲だ。それに『トルコ行進曲』だけなら、三分ほどで終わってしまう。残りの時間をどうするのかと思った。

彼はきまじめな顔をして、軽い音で『トルコ行進曲』を弾いていた。が、途中で音が変わった。観客席から「ワオ」の声と口笛が飛んだ。私も思わず、目を見開いて彼の横顔を見つめた。

これは――モーツァルトの『トルコ行進曲』ではない。『トルコ行進曲』を下敷きにした別もの――ジャズだ。

彼はクラシック畑の人間だと思っていたから、ジャズを弾くのは、意外だった。だけど、曲を聴くうちに、思い直した。いや、違う。ショパンを弾く彼の音——天性の軽さは——そもそもジャズの音だったのだ。

彼は『トルコ行進曲』を即興で、自由自在に変化させていった。一度として同じ変奏はなかった。そして、音楽を自由にはばたかせたあと、七分きっかりに演奏を終えた。

アンコールを求める拍手が湧き起こったのは、彼だけだった。アンコールで彼はジャズの名曲、『ワルツ・フォー・デビイ』を茶目っ気たっぷりに弾き、さらに喝采を浴びた。

人気投票で一位を獲得したのは、もちろん、彼——ジェイソンだった。

「ヒビキ、ものすごいテクニックだった」

「プロのピアニストみたいだったよ」

魔法使い養成学校の若い子たちが褒《ほ》めてくれたけれど、正直納得いかなかった。確かに、選曲は自由だった。でも、ジャズを弾くなんて——。

彼の腕なら、ジャズを弾かなくても、純粋なクラシックで人を楽しませることはできた。彼は受け狙いに走ったのだと思った。

そのことを指摘すると、

「ヒビキ、きみって頭固いんだね」

生徒たちの中に私に賛同する者はいなかった。

「楽しかったからそれでいいじゃない？」

「例えば、五十ドルのコンサートがある。きみはつまらない演奏と、楽しい演奏、どちらにお金を払う？」

「だってモーツァルトの原曲をそのまま演奏したほうがいいに決まってる。ジェイソンのアレンジはおもしろかったけど、原曲の良さを超えることはできないわ」

「ジェイソンは一番お客を楽しませたよ。僕たちも楽しかったし」

そう言われると、引き下がるしかなかった。ここアメリカではジャズが根づいている。だから、日本人の私とは違う感覚なのかもしれない。正直、ジャズの良さはよくわからなかった。

「これで、ジェイソンがまた練習室確保か……。ここずっと一位だからな」

それを耳にし、私はふと訊いてみた。

「ジェイソンは前回の定期演奏会では何を弾いたの？」

「ああ、前回のテーマはバッハだったから、『シャコンヌ』を弾いたんだよ」

「まさかそれもジャズで？」

私はまた嫌味っぽく訊いてしまった。彼らは肩を竦《すく》めた。

「前回は、ちゃんとクラシックだったよ」

「そう」

少し、ほっとした。『シャコンヌ』のピアノ編曲はいろんな版があるけれど、

「ジェイソンが演奏したのは、ブゾーニ編曲？」

そう訊くと、彼らは笑った。

「ううん、原曲だよ」

原曲と言われて、私は一瞬、混乱した。『シャコンヌ』の原曲は、『無伴奏ヴァイオリンのためのパルティータ第二番』の終曲。つまり、ヴァイオリン曲だ。

「そう。だから、ヴァイオリンで、バッハの『シャコンヌ』を弾いたんだ」

その回答に、私は驚きを通り越して、あきれた。

「彼、ピアノの演奏会でヴァイオリンを弾いたの？」

「うん」

そのときの人気投票でも、彼は一位を獲得したらしい。それはそうだ。この学校にヴァイオリン科はない。ピアノだけの演奏が続く中、ヴァイオリンの演奏があったら、新鮮で受けるはずだ。

「彼……ふざけているんじゃない？」

「そうかな？　だって楽器はピアノに限るって書いてなかったし。彼はルール内でベスト

を尽くしたんだし」

　私は納得がいかなかった。

「ヒビキ、機会があったら彼のヴァイオリンを聴いてみるといいよ。彼は本物の魔法使いだよ」

三

　ジェイソンにいらいらするのは、彼が私の兄に似ているからかもしれなかった。

　ヴァイオリンが弾けて、ピアノが天才的に弾ける人種で――まっさきに思い出されたのは、すぐ上の兄、奏だ。何でもできる兄は私の誇りであり、憧れであり、もっとも苦手な相手だった。兄は天才であるがゆえに、何をやっても――許され、誰からも愛された。

　私の胸の内など知らず、ジェイソンは親しく話しかけてくる。

「ヒビキのリスト、よかったよ」

「ありがとう」

「ガムいる?」

「いらない」

　私は丁重に断った。彼は眠気防止と言って、いつもガムをくちゃくちゃ噛んでいた。日本だとマナーが悪いと思われることだけれど、こちらでは皆、特に気にしないようだった。

「ヒビキは練習室で見たことないけど」

「うちにピアノがあるから。防音室で二十四時間弾けるの」

だから、定期演奏会の練習室争奪戦に加わるつもりはないし、これからもない、というのを私は強調した。ジェイソンに会って思ったけれど、どうも自分は負けず嫌いらしい。

「へー、うらやましいな。みは一日どのくらい練習するの？」

「六時間くらい？」

私は少なく見積もって言った。練習時間を正しく申告するのは、自分の実力の種明かしをしているようで好きではない。短く申告すると、練習していないようだし、長く申告すると、才能がないように思われる。

ジェイソンは口笛を吹いた。

「すごいよ。それだけ弾けるのがうらやましい。アジア人ピアニストはテクニシャンが多いけど、ヒビキもその一人だね」

褒めてくれたのだと思うけれど、褒められているように感じなかった。

この音楽学校では皆そうだ。何があっても、「グッド」「素晴らしい」。相手を批判するときも、褒め言葉から入る。そのやり方についていけなかった。

私は自分に足りないものがあるから、ここに来た。コンクールで優勝できないのは、自分の演奏に問題があるからだ。なのに、それが何なのかを誰も指摘してくれない。だめならだめだと否定されたほうが気が楽だ。

ジェイソンはガムを嚙みながら、訊いてきた。

「ヒビキはなんでこの学校に来たの？」

「マリーニナ先生に誘われて」

「へえ、スカウトされたんだ。俺と同じだ。なんでいつも浮かない顔してるの？　困ったことでもあるの？」

「全然上達しないから」

「ヒビキは十分うまいよ。ジュリアードにもヒビキほどのテクニシャンは少ないと思う。楽譜に忠実だ。よく研究していると思う」

「なんでジュリアードを知っているの？」

「子供の頃、そこのヴァイオリン科の先生に師事していたんだ。同じ先生についてた友人たちはジュリアードに行ったから、演奏会とか聴きに行ったよ」

「噓《うそ》！」

そこのヴァイオリン科には兄の奏が留学していた。私は警戒した。彼は私がサクラバの妹だと知って、話しかけてきたのだろうか。いや、兄は五歳年上だから、年齢はかぶらなかったはずだ。

「ヴァイオリンはやめたの？」

「うん。今はピアノに興味があるから。ヒビキのピアノは全然悪くないよ。自信もってよ」

「むかつく」

私は思わず日本語で呟《つぶや》いてしまった。ピアノも、ヴァイオリンも器用にできるところもそうだし、彼の——その口調も——兄そっくりだったからだ。

私はこちらを向いたジェイソンに言った。

「皆が何を考えているかわからない。こっちの人たち、皆、褒めるの。褒めるだけで、全然具体的なことを教えてくれない。ジェイソン、あなただって、わかっているんでしょ？正直に言ってよ。私の演奏はなってないって」

「俺は何も言えないよ。俺は——きみの先生じゃないし」

「先生は何も教えてくれないわ。習った曲をさらっておしまいなんだもの。魔法なんて……嘘なんだわ」

「魔法？」

「マリーニナ先生に言われたの。ここは魔法使い養成学校だって。魔法の使い方を知りたければ、NYに来なさいって。なのに一カ月以上経つのに私は魔法の使い方を知るどころか、ここに来る前よりもレベルが下がっている」

私は焦《あせ》っていた。このふざけた学校で、ジェイソンや周りの生徒たちはどんどんうまくなっている。なのに、自分だけ上達のあとが見えない。

「ヒビキ」

ジェイソンはガムをくちゃくちゃ噛みながら言った。

「俺が言えるのは一つだけ。きみは言う相手を間違っているよ。今の内容はマリーニナに言うべきだ」

「だって、先生はわかってくれないんだもの。どうせ話したって無駄よ」

「話してもいないのに？」

ジェイソンの静かな言葉に、私ははっとする。

「ヒビキ、うらやましいよ。きみは人からあたえられるのに慣れてしまったんだね。そういう環境で生まれ育ったんだ」

「どういう意味？」

「願い事は、口に出さなければ誰にもわかってもらえないってことだよ」

マリーニナ先生のプライベートレッスン。私はいつもより早めに来て、前の生徒のレッスンを見学する。

確かモニカというメキシコ系の女の子。今年、アメリカ国内の音楽大学の入学試験を受けて不合格だったけれど、音楽の道をあきらめられずにこの学校に通っている。

彼女とマリーニナ先生は楽しそうにレッスンを行っている。実際、マリーニナ先生は彼女の根本的な欠点を指摘し、フレーズごとに細かく指導した。

でも、私のレッスンになると、マリーニナ先生はただ黙って聴いているだけだ。いくつかの解釈を確認したあと、次はまた別の曲を持ってくるようにと。

そうだ。私のレッスンのときは極端に会話が少ない。それは——もしかすると、私に原因があるのかもしれない。末っ子気質なのか、誰かが自分のためにやってくれるのを、つい待ってしまう癖がある。

「マリーニナ先生、あの……」

私は弾き終わったあとに、思い切って話しかけてみた。

「何？」

「いつ、魔法を教えてくれるんですか？」

「魔法？」

マリーニナ先生は驚いた表情を見せる。私は先生の言葉を信じて、魔法を習うためにＮＹくんだりまで来た。まさか、忘れたとでも言うつもりだろうか。

「ええ、この学校に来れば、教えてくれると言ったじゃないですか。もう一カ月経つのに、教えてくれないのはなぜですか？」

　そう言うと、マリーニナ先生は素《す》っ頓狂《とんきょう》な声をあげた。

「ヒビキ、あなた、魔法の使い方を知りたかったの？　なのに一カ月も、待っていたの？」

「ええ、待っていました」

「日本人はせっかちかと思っていたけど、あなた、ずいぶん気が長いのね」

　先生のおおらかな笑い方に、私は少しだけむっとした。

「言ってくれないとわからないわよ。私はてっきりあなたは魔法の使い方なんて必要ないのかと思っていたわ」

「私は先生がわかっているものだと思っていました。だって、私には半年しか時間がないのに、もう一カ月が過ぎてしまって……」

「ヒビキ、私はあなたの状況なんて知らないわ。あなたは胸の中でいろんなことを考えているのかもしれないけれど、何ひとつ表に出していないもの」

　ジェイソンの言ったとおりだった。願い事は口に出さないと――この国では叶《かな》わないのだ。

「で、どんな魔法を使いたいの？」

　マリーニナ先生はいたずらっぽく笑った。

「どんなって……」

「あなたがどんな魔法を使いたいのかわからなければ、こっちだって教えてあげられないわ」

そうか。マリーニナ先生が私の演奏を聴いて何も言わなかったのは、私がその演奏で満足していると思ったからだ。具体的な希望を言わなければ、先生だって助言のしようがない。

「まずは――ジェイソンのような音を出したいんです。このボロボロのピアノで、どうやったらいい音が引き出せるんですか？」

「ゆっくりレガートで弾く練習をしなさい」

「レガートで？」

「ええ、ヒビキはペダルに頼りすぎるの。ピアノはほかの楽器ほど、一音がのびないし、すぐに切れてしまうけれど、ペダルに頼らなくても、ある程度はつなげることができる」

マリーニナ先生は魔法の使い方を教えてくれた。初歩的なことだけれど、腕の使い方。指の回転の仕方。なぜ、こんな魔法を知っているのに、もっと早く教えてくれなかったのか――。腑《ふ》に落ちなかったけれど、わかったことがある。

この学校の人たちは、子供に対するようになんでも手とり足とり教えてくれるわけではない。が、意欲ある者に対しては、真剣に答えてくれる。彼らが無関心に見えたのは、自分が何も望んでいなかったからだ。

「ヒビキ、この指はね、オーケストラなの。ピアニストはね、オーケストラの指揮者」

そんなことは日本にいるときから、耳にタコができるほど聞かされていた。でも、マリーニナ先生に言われれば、別のニュアンスに聞こえる。彼女は自分のアプローチを奏者におしつけることはなかった。奏者の弾きたいイメージを具現化する手伝いをしてくれるタイプの先生だった。

それまでの私は、曲想に応じて演奏を変化させることができなかった。人から教えられたものをただ真似するだけだった。

マリーニナ先生は弟子のタイプに合った、たとえ話をしてくれた。英語が不得意な私には、まるで子供に話すように、丁寧《ていねい》な英語で。

「ヒビキ、ディズニー映画の『ファンタジア』を見たことがある？」

「はい」

「その中に魔法使いの弟子が出てくるのよ」

交響詩『魔法使いの弟子』でミッキーマウスが魔法使いの弟子となり、師匠の魔法の帽子をこっそり借りて、魔法を使う。最初はよかったが、調子に乗ってしまい、手に負えない惨事《さんじ》を引き起こす。

「つまり、いい気になってやりすぎると、破綻《はたん》する。音楽も同じことよ。音楽を感じ、表現をすることは大事だけど、感情に任せず、上手に音楽をコントロールしないといけないの」

　私の演奏は、出だしから止められる。

「ヒビキ、なんとなく鍵盤を叩くのではだめ。演奏をはじめるときに、ちゃんとイメージを持ってないといけないわ」

　どんなにポテンシャルを秘めた魔法使いでも、ただ漠然《ばくぜん》と「魔法を使いたい」と願うだけでは、人を虜《とりこ》にすることはできない。大きい音を出し、強弱のメリハリをつけただけでは、人を驚かせることはできても、感動させることはできない。

「ヒビキ、今のあなたの音楽は、霧《きり》がかかった黒い森なの。そこに生き物が生息しているかどうかわからない。あなたはね、聴衆を乗り物に乗せ、その場所を案内するの。だけど、あなたの演奏は、猛スピードで森をつっきってしまった。ジェットコースターのように。そうじゃないでしょう？　そこは素晴らしい場所なんだから、あなたは素晴らしさを伝えないといけない。美しい鳥だっている。珍しい植物だってはえている。この装飾音の美しさはどう？　それをあなたはただの音譜としてとらえている。そうじゃないの。音楽は二次元じゃないの。もっと立体的に。音楽は生きているのだから」

　マリーニナ先生の言葉は私に魔法をかける。彼女の力を借りると、私の音楽は立ち上がる。色彩豊かな映像がながれはじめる。

「ヒビキ、あなたは賢いわ。だけど、冷静すぎる。冷静に弾くのも大事だけど、もっとパッションをもって弾いてもいい。感情を入れて。あなたはこの曲が好きというのが人に伝わらない。人々に美しい場所を案内するとき、音声を読み上げるだけのガイドはつまらないでしょう？　どういう風に話したら、人に聞いてもらえる？　もちろん、むやみやたらに声をはりあげたり、案内と関係ない話をするのはだめ。説明をしすぎて、聞く人を閉口させるのもだめ。さあ、イマジネーションを働かせなさい。あなたは魔法使いになるの」

マリーニナ先生はその作曲家のスタイルの枠内で、破綻せず、効果的な奏法を提示する。

「こういう研究もあるけど、あなたの弾き方でも悪くないわ」と。

これまで、自分は技術的にかなり弾けていると思っていた。けれど、マリーニナ先生の手にかかればわかる。技術というのは、十分な表現力を出すための、いわば下積み。その技術すら、私の場合、不十分だったのだ。

マリーニナ先生は私を魔法にかけた。

「先生、解けない魔法っていうのはないのですか？」

そう訊くと、マリーニナ先生は笑った。

「それは難しいわね。でも、その魔法を考えるのは——やりがいがある仕事ね」

二回目の定期演奏会。今回のテーマはロマン派の曲だった。

私はもう一度、リストの『メフィスト・ワルツ』を弾いた。同じ曲目を弾くのは前例がなかったそうだ。普通は短期間で早く曲を仕上げるのも、実力のうちだと思われている。

でも、今度の『メフィスト・ワルツ』は違う。私は明確なイメージを持っていた。

リストの『メフィスト・ワルツ』はレーナウの詩『ファウスト』からインスピレーションを得て、作曲された。この作品の物語を音楽で表現したい。

結婚式の宴《うたげ》が催される居酒屋にファウストと、彼が呼び出した悪魔のメフィストフェレスがやってくる。最初の五度の和音の連打は、物語のはじまりと悪魔の登場を予感させる。

悪魔とはヴァイオリンが上手い生き物らしい。楽士からヴァイオリンをとりあげ、調弦をしたあと、メフィストは演奏をはじめる。悪魔らしく、あやしく、官能的な超絶技巧の音。メフィストが農民たちを陶酔に引き込んでいる間に、ファウストは恋をしたマルガレーテを誘い、森へ連れ出す。最後は悪魔的な音で、疾走する。さながら悪魔の高笑いのように。

最後の音を弾き終えた瞬間、「ブラボー」の声が上がった。それを叫んでいたのは、ステージ脇にいたジェイソンだった。

「ヒビキ、きみは立派な魔法使いだよ！　すごく楽しかった！」

その言葉がうれしかった。もっとも、その日の定期演奏会の人気投票でも一位になったのは、ショパンの『幻想ポロネーズ』を弾いたジェイソンだった。

私は二位だった。でも、勝ち負けなど正直どうでもよかった。私は自分の手から生まれた音楽に――自分で驚いていた。私は生まれて初めて魔法を使うことができた。私が使った魔法は――聴く人の心に届いたのだ。

「おめでとう！」

私はジェイソンと抱擁《ほうよう》を交わした。

四

二回目の定期演奏会後、私はジェイソンと急速に親しくなった。

「二十五歳？　なんだ、ヒビキって俺と同い年なのか。アジア系の人間って年がわからないんだよ。十代の天才少女かと思っていたから――ある意味、ほっとしたよ」

レッスンで顔を合わすたびに、彼と一言、二言言葉を交わした。いや、交わさなくても、彼が練習している音を聴くと、刺激をうけた。

私はまだ魔法使いの見習いで、彼はずっと遠くに行っていた。

彼はアメリカ南部の生まれで、ニュージャージー州の親戚の家に居候《いそうろう》していた。

「居候している家にピアノはあるんだけど、古いアップライトだし、あまり長いこと弾くと近所から苦情がくるから、満足に弾けないんだよ。だから練習室に住みたいくらいなんだけど、バイトがあるからそうもいかないし」

「バイト？」

「午前中はベビーシッターしたり、子供に音楽を教えたり、夜はジャズバーで働いている」

信じられなかった。そんな生活では、練習量は並の音大生より明らかに少ない。そんなのではプロは無理だ。

「大丈夫だよ。ピアノがないときでも、頭の中で音を鳴らして、音楽を再構築しているから」

「でも、それじゃ、指のトレーニングができていないじゃない」

「まあ、そうだけど。ヴァイオリンと違ってピアノは楽器が運べないからね」

「この音楽学校は有望な生徒は無償でレッスンが受けられるんでしょう？　なぜバイトなんて……」

「ヒビキ、授業料は無償でも、それだけじゃ、食べていけないよ。生活費がいるだろう？実家に仕送りしないといけないし。バイトなんて、皆、やっているだろう？　特別なことじゃないよ」

諭《さと》されるように言われ、私は、目が醒《さ》める気持ちだった。

私は生まれて一度も、バイトをしたことがない。皆、自分と同じように、親からの仕送りで、生活しているのだと思っていた。ああ、そうか。ジェイソンが遅刻したり、いつも眠そうなのはそういう事情があるからなのだ。

「ジャズバーのバイトは悪くないよ。ピアノがあるから、弾かせてもらえるんだ。でも、うちから遠いから、その日は練習室で弾けないデメリットがあるんだけど」

「うち、来る？」

思わず、口をついて出た。ジェイソンのバイト先は兄のマンションから比較的近いところにある。

「グランドピアノ、うちに二台あるから。バイトに行く前に弾いていったら？」

ジェイソンは目を輝かせた。

「行く！」


一人暮らしの家に男性を呼ぶのは問題あるかもと思ったが、彼の助言に対して、感謝したい気持ちがあった。セキュリティはしっかりしているマンションだし、盗まれるようなものはない。何かあったら、管理人さんが飛んでくる。

「ヒビキ、すごい家に住んでいるね」

エントランスに入るなり、彼は落ち着きなく、周囲を見渡した。そう言われるのが恥ずかしい。このマンションは祖父が昔、家族用に買ったもので、兄がＮＹ留学中に住んでからは、兄のものになっている。ベッドルームは四つあるけれど、鍵がかかっていて、私が使っているのは、ゲスト用のベッドルームだ。この家にはピアノのある防音の練習室が二つあった。

「なんだよ、この豪邸……」

「違うの。私はこの部屋全部を使っているわけじゃないの……」

「ああ、シェアルームか」

私のしどろもどろな説明を聞き、ジェイソンは納得したようだった。

「びっくりしたよ。ヒビキはすごいお金持ちなのかと思って。広すぎて……なんか落ち着かない」

私にとって当たり前の環境に、ジェイソンはいちいち大袈裟《おおげさ》に反応した。

「スタインウェイが二台も！」

「あの……ここ、音楽留学をした人が代々使っていたから」

音楽留学をした兄が使っていたのだから、嘘ではない。

「飲み物と食べ物は冷蔵庫に入っているから、あとは適当にして。私も向こうの部屋で練習するから」

「サンキュー！　ヒビキ、きみ、最高だよ」

私はジェイソンに力強く、抱擁された。

練習室に入ると、階下からジェイソンが弾いている音が聞こえた。防音でも、わずかに音は漏《も》れてくる。意外とミスタッチが多いな、とか、初見に弱いのかな、と思う。いけない。油断するとちょっとした隙《すき》に彼の演奏に心を奪われてしまう。気を取られている場合ではない。自分も練習しないと——。

だけど、ジェイソンを見ていてつくづく思った。天才というのは、こういう人なんだと。どんな苦境に陥っても、周りが助けてくれて、レールを敷いてくれる。人に親切にしてもらえる運も、才能の一つだ。

音にはその人の内面や感性があらわれる。

ジェイソンの音には、ジェイソンだとわかる個性がある。彼の演奏はいい意味でぶれない。彼の演奏を聴くと、人の意見にふりまわされる自分を反省する。これまでの私は先生が言うとおりに弾いただけで、どう弾きたいかを深く考えてみたことがなかった。そう、軸がなかったのだ。人の話を聞くことは大事だ。でも、無理に迎合しなくてもいい。自分は自分というスタンスは崩さなくてもいい。人の意見はさまざまだから、審査員や評論家の好みに合わせていたら、自分を見失ってしまう。

ジェイソンはその後も、ジャズバーのバイト前にやってきて、ピアノを弾いた。

時折ジャズが聞こえることもあった。ヴァイオリンを持ってきて、弾くこともあった。彼のヴァイオリンは、ピアノ以上に長年専門的な訓練を受けた音だった。

あるとき彼に訊いてみた。

「ジェイソン、それだけヴァイオリンが弾けるのに、どうしてピアノをやってるの？」

「昔から両方並行してやっていたんだよ。でも、ヴァイオリンは行きづまってね」

「どうして？」

「十代のとき、コンクールに出たんだ。欧州開催のマイナーなやつなんだけど、知ってる？」

　彼が口にしたコンクールをもちろん、私は知っていた。うちにはヴァイオリン弾きがいるから。

「俺はセミファイナルで『シャコンヌ』を弾いて、一応、ファイナルには残ったんだけど、そこに圧倒的にすごい奏者がいたんだ。日本人のソウ・サクラバっていうヴァイオリニスト。知ってる？」

　その名前にドキリとする。兄だ。でも、そのことをジェイソンに言い出せなかった。サクラバの名を出したくなかった。

「ヒビキは日本人だから、聞いたことあるかな？」

「ええ、まあ……」

「ソウ・サクラバはすごかったよ。今ではヴァイオリン界で知らない人はいない存在だけど、当時から他をよせつけない演奏で、完全優勝した。十代の頃からすでに大御所のような貫禄《かんろく》があった。俺の昔の友達が彼と同じクラスだったそうなんだけど、学生時代から化け物だったって。ああいう人間が国際的な舞台で活躍するんだなって言っていたよ」

　私はジェイソンの話を黙って聞いた。そう、兄は本物の天才だった。

　ジェイソンは苦笑した。

「俺はこれでも小さい頃は、田舎で天才少年って言われてたんだ。ヒビキもその口だろう？」

「私は――」

「謙遜《けんそん》しなくてもいいよ。この年になっても音楽やっている人間っていうのは、たいていどこかで一度は天才って言われた人種だから。子供の頃は、天才の大安売りやってるから。大人って自分よりできる子供を見ると、すぐに天才って言いたがる」

「わかる！」

「でも、天才の中に、本当の天才がいるんだよな」

「まさか、ソウ・サクラバのせいで、ヴァイオリンをやめたの？」

「やめてないよ。そうじゃなくて……ソウ・サクラバに負けたことは、将来を考えるいいきっかけになったよ。平たく言えばお金かな。資産家の家庭に育ったソウ・サクラバがうらやましいよ。俺らは彼のようにはいかない。生きていくためには生活費が必要だ。俗っぽいけど、音楽で食べていくためには、ヴァイオリンよりピアノのほうが習う子供の数が多い。ピアノの先生をしたほうが有益だと思った。幸い、マリーニナに無料レッスンをしてもらっているし」

私は複雑な気持ちだった。彼ほど才能がある人が、芸術に邁進《まいしん》するのではなく、お金のことを考えていることに――。

「食べていけるっていうのは一番だよ。そうだ、ヒビキ、ちゃんと食事とっているか？前々から思ってたんだ。きみはいつも顔色が悪い」

「低血圧で、朝に弱いだけよ。普通に食べているわ」

でも、正直、私はあまり食事に興味はない。料理を作る時間があれば、練習にあてたい。だから、スーパーでお惣菜《そうざい》を買って食べる。

ジェイソンは私の顔を見て言った。

「ヒビキ、今日は俺がごちそうするよ。バイト代が入ったから」

「いいわよ。そんな時間があったら――」

練習をすればいいのに――と思った。食事が必要なら、デリバリーを頼めばいい。

「いいよ、練習室を貸してくれたお礼。ヒビキは練習していればいいから」

そう言って、私を練習室に押し込むと、ジェイソンは材料を買いこんできた。不思議だった。時間がないのに、なぜ彼は何でもできてしまうのだろう。

彼は慣れた手つきでキッチンを使った。そして、魔法使いのように、あっという間に食べられる物を作った。具材を細かく切った、モッツァレラチーズたっぷりのチョップドサラダ。オーブンで焼いたサーモン。つけあわせはペンネのようなパスタ。彼は鼻歌まじりに、テーブルセッティングまでしてくれた。

「ジャズバーのバイトで覚えたんだ。簡単なもので申し訳ないけど」

私からすると、十分すぎるほどの内容だった。彼の手伝いをするにも、私は料理を作ったことがないし、食器のありかもわからなくて——何の役にも立たなかった。

私たちはガス入りのミネラルウォーターで乾杯する。

ジェイソンは、見かけによらず、読書家で勉強家だった。彼の話を聞くのは楽しかった。ジェイソンのママは名のある音楽大学を卒業したヴァイオリニストで、ジェイソンはママからヴァイオリンの手ほどきをうけた。彼はなつかしそうに家族の話をしたけれど、私は彼に、自分の家族のことを話せなかった。これまで「サクラバ」の名前を出すと、いつも周囲に距離を置かれてしまった。だから、私は慎重になっていた。

夕食を食べ終え、食器を食洗機につっこむと、バイトに行くまでの時間、ジェイソンはピアノを弾いて歌った。彼は本当に器用で、何をやってもさまになった。ハスキーだけど、いい声をしていた。

音楽って不思議だ。音楽一つで、その場の雰囲気を変えることができる。ジャズが流れると、そこがジャズバーになったような気がする。

ＮＹに来るまで、ジャズのよさなんてわからなかったけれど、彼が演奏するたびに、ジャズは私にとって身近になっていった。そして、お互いの距離も近づいていった。テーブルで向かい合って座っていた私たちは、いつの間にか、ソファで体をよせあって座っていた。

「私たちは二人のドリフターズ」

ジェイソンはそういう歌詞の歌を歌った。

私はドリフターズという英単語の意味がわからなかった。

「何、それ。コメディアンのこと？」

「なんでコメディアンなの？」

「日本で、そういうコメディグループがいたの」

そう答えると、ジェイソンは笑った。

「ドリフターズっていうのは、漂流者って意味だよ。二人の漂流者が世界をさがしに行く。知らない？『ティファニーで朝食を』でオードリー・ヘプバーンが歌った」

『ムーン・リヴァー』。

これがその曲なのか――と私は知った。旋律は有名だけど、私は映画を観ていなかった。

「俺も映画は観ていないんだけど、ジャズバーでシンガーたちが歌っているのを聞いて覚えた。『ティファニーで朝食を』って、ニューヨークが舞台なんだよ」

ジェイソンはそう言うと、ピアノの椅子をずらし、場所を譲った。

「ヒビキも弾く？　メロディーは単純だから、俺が弾いているうちに覚えただろう？」

「覚えたけど、即興は苦手なの」

「そう思い込んでいるだけだよ」

「だって、私、クラシックしかやってないもの。クラシックって、楽譜通り弾くものだし」

「違うよ、ヒビキ」

ジェイソンは力強く言った。

「その昔、クラシックも楽譜には最低限の音しかなかった。皆、装飾音を足して演奏していたんだ」

ジャズの即興演奏のように。

「それは――何百年も昔のことでしょう？」

「モーツァルトも、ベートーヴェンも即興演奏の名人だった。ショパンもそうだよ」

昔は作曲者が演奏家を兼ねていたから、自由に自分の曲に手を入れることができた。そのくらいの知識は私にだってある。私はジェイソンに反論した。

「ショパンはリストがあまりに自分の曲を崩して演奏するので、不愉快に思ったそうよ」

「まあ、そういうこともあるだろうけど、ショパンだって、弟子たちの回想によると、オリジナルの楽譜にこだわっていなかった」

ジェイソンはきっぱりと言った。

「作曲者に敬意を払い、作曲者の意図を汲んで、楽譜通り忠実に弾くのが大切なのはわかるよ。でも、楽譜に忠実っていうのは、どういうことだろうとよく考えるよ。そういう研究があるのもわかる。それを否定するわけじゃない。そうしなければ、認められない世界があるのもわかる。でも、好きに弾いていい音楽というのもあるんだよ」

そう言って、ジェイソンはショパンのワルツを弾き、ジャズに変化させた。

「ショパンが聴いたら怒るんじゃない？」

「まあね。でも、楽しくない？」

「そうね」

彼の即興を追って、並んで弾いているうちに、彼と肩がぶつかった。

私はジェイソンを見上げた。彼の顔は、思いがけないほど、近くにあった。彼はこのとき、ガムを嚙んでいなかった。気になって私は訊いた。

「ねえ、いつものガムは？」

ジェイソンは笑った。

「知らないのかい、ヒビキ。なんでアメリカ人がいつもガムを嚙んでいるか」

「知らないわ」

私は正直に言った。

「いつでも好きな子に、キスできるようにだよ」

＊＊＊

「あなた、ジェイソンとつきあっているの？」

校内を歩いていると、唐突に呼び止められた。メキシコ系のモニカだ。

確かに、ジェイソンと一緒にいる時間は増えた。距離が近づいた。だけど、彼に告白されたわけではない。そう答えようと思ったけれど、彼女の挑発的な態度は、どこか癇《かん》に障《さわ》った。

「つきあっているとしたら、何が悪いの？　あなたに関係ないでしょ？」

「彼はやめておいたほうがいいわよ」

「どうして？」

「一緒にいたら、あなたの音楽はだめになるわよ。あなた、コンサート・ピアニストを目指しているんでしょう？　そんな音をしているもの。ジェイソンと一緒にいるのは悪影響よ」

自分に忠告してくれているようで、彼女の真意は違う。彼女がジェイソンに気があるのは、はたから見てもわかった。正直、こういうごたごたは面倒くさい。

「アドバイス、ありがとう。でも、そういうことは自分で決めるから」

モニカは私に吐き捨てるように言った。

「あなたはジェイソンをだめにするわ。彼は本物の天才なのよ！」


「音楽が変わったわね」

私のショパンを聴いたマリーニナ先生は、穏やかに言った。

「少しずつだけど、固さがとれてきた」

私は苦笑する。マリーニナ先生は私の音楽が固いとわかっていながら、こっちが言い出すまで、あえて指摘しなかったのだ。

「ジェイソンの影響かしら」

マリーニナ先生はすべてお見通しのようで、私は気恥ずかしくなった。

「あなたが表現したいものの一端が見えた気がしたわ」

「変わったのは……いいことなんでしょうか」

「いいことか、悪いことか、そんなのわからないわ。あなたがいいと思えばいい、悪いと思えば悪い。ある程度のレベルまでいけば、結局、音楽って好みなのよ。あなたの前の演奏のほうが好きだという人だっているかもしれない。あなたは他人の目を気にしすぎるわ」

そう言われても、コンクールや演奏会は他人に評価されるものだ。

「マリーニナ先生、私はコンプレックスの塊《かたまり》なんです。うまくなれば、解消されると思うんですけど、どのくらいうまくなったらコンプレックスがなくなるのでしょうか」

「そんなこと、一生ないわよ」

「そう……なんですか？」

身もふたもない言葉に、私はつまった。練習して、誰よりもうまくなれば、いずれ、この心の底の汚い感情とさよならできるものだと思っていた。

「ヒビキ、音楽家ってそういう生き物よ。コンプレックスとエゴの塊でできているの。そしてね、いつ、いかなるときも、自分が一番正しいと思っている」

「先生もですか？」

「もちろん」

マリーニナ先生はチャーミングな笑顔を見せる。

「そうでないと、やっていけないわ」

マリーニナ先生は、ショパンのソナタを数小節弾いた。現役を引退したといっても、先生の表現力は圧倒的だ。ジェイソンもすごいと思ったけれど、マリーニナ先生は別格。

私が持っている色鉛筆が三十六色だとしたら、先生は五百色以上持っている。色鉛筆だけでない、油彩画や水彩画の絵の具まで持っている。だから、繊細な色彩のグラデーションを描くことができる。

マリーニナ先生は今でも、研究室で自分が楽しむために弾いていることがある。

マリーニナ先生が弾くと、情景がたちのぼる。薄暗く、霧がけぶる中の美しい雨だれ。深い深い哀しみの中のシューベルト。やわらかな音に深い陰影。

その音は風にのって、学校にいる人の心に魔法をかける。もちろん、魔法にかからない人もいる。マリーニナ先生は手が小さいから、和音がつかめなくて、ミスタッチがときどき出る。それに対して、「自分でも弾けるのに、マリーニナはミスをしている」と見下す学生もいる。ミスがないのは大事だが、音楽性では比べものにならないのに、些細《ささい》なことで自分の優位性をうれしそうに報告する。

音楽を評価するのは難しい。その批評は、自分の理解度をさらけだすことでもある。


NYに来て三カ月目。

私はジェイソンの弾くジャズを覚え、曲の上ではかなりマスターしていた。

弾いていると、ジェイソンが部屋に入ってくる。この頃になると、かなり自由に私のマンションに出入りするようになっていた。

防音室に入ると、玄関の呼び鈴が鳴っても聞こえない。だから、管理人さんに頼んで、外から鍵を開けてもらっていた。ジェイソンは不思議な人で、一見、危ない人に見える服装でも、管理人さんにも、住人たちにも好かれた。

「へえ、いいじゃん」

　私が弾いているのは、ジャズの名曲『枯葉』。

「ジェイソンのまねだけど」

「いいよ。続けて」

　私たちは並んで連弾する。リズムをとりながら、互いにフレーズを弾き、セッションするのは、まるで会話をかわすよう。相手を試し――相手の反応をうかがう。自分が弾いたフレーズに、予想しない演奏が返ってくると、こちらも負けずに凝《こ》ったアレンジで返す。楽しい。

「ジェイソンはコンクールに出ないの？」

　夕食の際に、私は訊いた。この日のメニューは、ジェイソンが作ってくれたラザニアとサラダ。簡単なものだというけれど、食べられるものを作れる人は、皆、魔法使いだと思う。

　この日、私はマリーニナ先生から、同じくピアニストの――先生のご主人が主催するTコンクールへの出場をすすめられた。小規模だけれど、一応、国際コンクールと銘打っている。

「俺もすすめられたけど、バイトとの調整が難しいから、返事は保留にしてる」

「入賞すれば、賞金が出るわよ」

「だけど、エントリー代もかかる」

「そうだけど」

「俺、コンクールは緊張する性格だから向いていないんだよ」

「そうなの？」

学内の演奏会を見る限り、彼は緊張とは無縁な気がしていた。

「学内は皆知っている人だからだよ。知っている人だから安心する。それに、ヒビキと違って子供のころから本格的にピアノをやってきたわけじゃないから。協奏曲だって、ヴァイオリンならオケと合わせたことあるけど、ピアノはやったことないし」

彼なら、相当いいところまでいきそうな気がしたのだけど。確かに、コンクールでしいられる緊張感は半端ではない。コンサート・ピアニストとして成功できるのはほんの一握りだ。大半の人たちは、学生時代までに使ったお金を回収できないまま終わる。

そういう意味では、私も今のところサクラバ・ファミリーの不良債権だ。

食事がすみ、キッチンにコーヒーを淹《い》れに戻ったときだった。

練習室から、ヴァイオリンの音が聞こえた。ジェイソンが弾いているのだ。

その響きを聴いた瞬間、背筋に電撃のような衝撃が走った。

その曲は『シャコンヌ』。思わず、私はコーヒーを置いて、ジェイソンの練習室に行った。彼は扉に鍵をかけていなかったから、そっと忍び入った。邪魔をしないように息をひそめて。

そういえば、彼は私が学校に入る前の月の定期演奏会で『シャコンヌ』を弾いたという。

突如《とつじょ》、脳裏にモニカの声が蘇《よみがえ》った。

——あなたはジェイソンをだめにするわ。彼は本物の天才なのよ！

このときほど、その言葉を実感したことはなかった。

明かりはついているのに、練習室は暗闇《くらやみ》のようだった。

真っ暗な空間。空からさしこまれた細い一筋の光が、ジェイソンを照らす。

彼の背後に石造りの教会が見えるようだ。

彼の弾くヴァイオリンの音は、ジャズとは違った。重厚で、崇高《すうこう》で、宇宙を感じさせる音。

彼の体から音楽があふれていた。おさえようとしても、おさえきれない。音楽がこぼれ、流れ出す。その音楽は、私の心に侵入する。

『シャコンヌ』は兄もよく家で弾いていた。彼の完璧な演奏は知っている。でも、兄の演奏を聴いても、こんな感情を抱くことはなかった。衝撃だった。

私は——きっと、彼のことを理解した気になっていて、何も理解していなかったのだ。

彼と一緒にいて、彼と一緒にジャズを弾き、近づけたようで、また突き放される。私の演奏は、これほどまでに誰かの心を揺さぶることはできない。

「ヒビキ？」

私は涙で濡れる顔を両手で覆《おお》い、その場にうずくまった。

「ごめんなさい。邪魔をするつもりはなかったの。いろんなことを思い出してしまって……」

ジェイソンはヴァイオリンを置くと、私を抱き寄せた。

「ヒビキ、きみはクールに見えるけど、人一倍、感受性が豊かなんだ。素直なのはきみの長所だよ」

幼い子供をあやすように、彼は私を抱きしめ、額《ひたい》に、頬《ほお》にキスを落とす。

彼はやさしかった。こんなに彼は近くにいて――この距離は私たちにとって普通になっているのに、私は彼の途方もない才能をわかっていなかった。自分と同じ、兄に実力差を見せつけられ、劣等感を持つ人間だと、勝手に思い込んでいた。

「『シャコンヌ』は好きなんだ。世界で一番好きな曲かもしれない」

ジェイソンは静かにほほえんだ。

「暗闇の中で苦しんで、もがいている、まさに人生のよう。でも、その暗闇の中でふっと光が見える瞬間がある。自分が持っているこの曲のイメージは、人間の苦難と祈り、そして救済——この曲を弾くと、神の存在を感じるんだ」

「確か、コンクールで弾いたって言ったわよね」

そのコンクールで、ジェイソンは兄に負けたと言っていた。

「ああ、そのときも、音楽に溺《おぼ》れて、感情があふれてしまった。でも、後悔はしていない。最高の演奏ができたと思っている」

それはどんな演奏だったのだろうか。自分で最高と思える演奏を、私は一度もしたことがない。

「ヒビキ、この曲を弾くと、自分に神様がおりてきたような気分になる。だから、つらいことがあったとき、これを弾く」

「何かつらいことがあったの？」

ジェイソンは私を見つめ、微笑した。

「ヒビキ、つらいことはいつもあるよ。誰にでもある。普通に生きているだけでもね。でも、『シャコンヌ』を聴くと、力づけられる。聴く人だけじゃなく、演奏家も」

五

Tコンクールの出場は迷った。けれど、半年間の留学の最後に、結果を出したかった。

「じゃあ、申し込んでおくわね」

マリーニナ先生の推薦状があるのは心強い。

そのコンクールにはジェイソンも参加することになった。

私は日本から送ってもらった、ワインレッドのロングドレスを着る。胸元にちりばめられたビジューの装飾が美しく、持っている演奏会用ドレスの中で、一番気に入っている。若干《じゃっかん》、ウエストがきついけれど、コンクール中は食欲が落ちるから、そのうちちょうどよくなるだろう。

ドレスを着て、メイクをほどこすと、ひきしまった気持ちになる。

「ヒビキ、コンクールに出るのなんて、何年ぶりだろう」

私はジェイソンのスーツのタイをなおす。毎日がコンクールか演奏会だったらいいのに――と思う。そうすれば、ジェイソンのスーツ姿を見られる。そう考えていたら、

「コンクールは好きじゃないけど、ヒビキのドレス姿が見られるのはいいね。今日のヒビキはすごくゴージャスだよ」

ジェイソンはそう言った。彼も同じことを考えていたのかと思うと、うれしかった。

コンクールには独特の緊張感がある。でも、今日はコンテスタントに日本人がいないか

らか、私は落ち着いていた。今の時代、ネットがあるからコンクール情報は広く知られている。だから、いつもならどこの会場でも、日本人のコンテスタントを見かける。彼らから「サクラバ」と言われると、私は——気にしていないつもりでいても、演奏に影響が出てしまった。

（誰がいようと、何を言われようと、私は私。マリーニナ先生の名前に泥を塗らない演奏をしないと）

私は自分を奮《ふる》い立たせた。

予選ではロマン派の任意の作曲家の作品から練習曲を一曲。セミファイナルは十分以内の曲。ファイナルでは、十五分以内のソロ曲を演奏する。

そのコンクールで、ジェイソンは小さなセンセーションを巻き起こした。予選で演奏したショパンの練習曲《エチュード》。拍手を禁じられているコンクールで、スタンディング・オベーションが起きたのだ。

ただ、予選の演奏が終わった直後から、ジェイソンはどんどんナーヴァスになっていった。彼の一位通過は間違いない。素晴らしい演奏をしたのに、彼がなにを不安に思うのか、私にはわからなかった。

「ヒビキは緊張しないんだ？」

ジェイソンの顔は真っ青だった。

「緊張はするけど、いやな緊張じゃないわ。やることをやるだけ」

「すごいよ」

子供の頃から数えきれないほどステージに立たされたから、緊張するけれど、ステージに立ったら気持ちを切り替えられる。そうか。私はステージの上で演奏すること自体は嫌いではないのだ。苦手なのは、そのあとに評価されること。

私はジェイソンの彫りの深い顔を見つめた。

このコンクールが終わったら、私はジェイソンに話さないといけないことがある。ビザが切れるので、一度、日本に帰らないといけないこと。そして、私がサクラバであることを。

私はＨＩＢＩＫＩ・Ｓの名前でコンクールにエントリーした。ジェイソンの前では、ただの、ヒビキでありたかったし、サクラバの名前に左右されない場所で、自分がどこまでいけるのか、知りたかった。

ロビーに予選の結果が張り出された。結果を見るときは、いつもドキドキする。

私とジェイソンの名前が残っていた。

「おめでとう！」

私たちは抱き合って喜んだ。そのときだった。

「あの……ヒビキさん？」

会場スタッフの男性が私に話しかけてきた。

「日本の方ですよね？　日本語、わかりますか？」

その言葉は日本語だった。少しいやな予感がしたけれど、

「はい」

そう答えると、男性はぱっと顔を輝かせ、握手を求めてきた。

「さっきの演奏、素晴らしかったです。ピアニッシモが耳に心地よくて……」

「ありがとうございます」

早く立ち去ろうと、会釈《えしゃく》した私を、彼は引き留めた。

「あの、ヒビキさんって、もしかして、桜庭響さんですか？」

ジェイソンが怪訝《けげん》そうな顔をしてこちらを見ていた。

「僕、あなたのお兄さんと同じ学校で学んだんですよ。彼から妹さんがアメリカにいるって聞いていたんで、まさかと思ったんですけど、本当に桜庭響さんなんですね。今はオリガ・マリーニナに師事しているんですか？」

この男性は日本語で話していたけれど、ジェイソンの敏感な耳は、私が隠していたことを聞きとってしまった。

「ヒビキ、サクラバ？」

（ああ、言わないでほしい。お願い――）

私の心の願いは届かなかった。男性は私の顔を見ず、ジェイソンに笑顔で言った。

「そうですよ。彼女、ヒビキ・サクラバです。あの有名な国際的音楽家ファミリーの一員です」

止める間もなく、彼は英語で伝えてしまった。

そのときのジェイソンの顔を――私は忘れられない。

踵《きびす》を返し、黙って立ち去った彼の背中を私は追った。

「待って！　ジェイソン。お願い。話を聞いて。あなたは誤解をしている」

私は謝った。コンクールの前は、なんでもないことが大きな動揺につながる。彼は心理状態がそのまま演奏につながるタイプの奏者だ。

「なんで言ってくれなかったんだ？」

ジェイソンは感情をあらわにした。

「ソウ・サクラバの妹だなんて――。俺のことを陰で笑っていたんだろう？　俺の音楽談義を聞いて、笑い物にしていたのか？　お金もあって、英才教育を受けた人間がなんでこんなところまで来たんだ」

「違う、そうじゃない。ジェイソン。私が悪かったわ。タイミングを失ってしまって……」

サクラバだと話せなかったのは、彼を失いたくなかったから。今までサクラバの名前のせいで、親しい友人ができなかった。ソウ・サクラバの妹だと知ったら、ジェイソンが離れてしまうのではないかと思った。彼との居心地のいい時間を失いたくなかった。でも、その言葉が口から出てこない。私の言い訳は全部自分のエゴで、彼のことを考えていなかった。それに、私の英語力では、彼が納得するような説明ができると思わなかった。

でも、彼に伝えないと、わかってもらえない。なんでこんな最悪なタイミングで――。

「ヒビキ、もういいよ。お互い、がんばろう」

そう言うと、ジェイソンは楽屋に行った。彼は私の顔を見なかった。

セミファイナル。出番を待つ間も、彼にどう謝ろうかと考えていた。でも、そんなことを考えている場合ではない。一時間後には出番だ。自分の演奏のために集中しなければいけない。

だけど、頭の中には先ほどのジェイソンとのやりとりが再現される。

手にいやな汗をかく。その汗を何度もハンカチでぬぐった。今からこんなに汗をかいていたら、鍵盤の上に水たまりができて、指が滑ってしまう。

どうしてこんなことになってしまったのだろう。あのスタッフの男性が話しかけてこなかったら――。いや、違う。自分が悪い。サクラバであることをもっと早く打ち明けていればよかった。でも、そうしたら――ジェイソンとあの親密な時間を持てただろうか。ジェイソンにジャズを教わることはできただろうか。

セミファイナルで先に弾くのはジェイソン。

彼の演奏を——聴きたかったけれど、今は自分の演奏に集中することにした。

魔法を使う準備をしないといけない。

出番を終えたジェイソンがステージから楽屋側の通路に出てきた。彼はどこか憔悴《しょうすい》しているように見えた。だけど、彼に演奏後の感想なんて、訊けやしない。

私の顔を見て、彼は言った。

「ヒビキ、グッド・ラック」

こういうときでも、声をかけてくる彼は大人だ。

「サンキュー」

でも、私はそのときの彼の心境を想像できなかった。

こんなに混乱した気持ちでステージに立つのは初めてだった。でも、不思議なことに——頭の表面は混乱していたけれど、心の奥深くは冷静だった。

私は深呼吸し、ピアノの前に座った。これから弾く演奏のイメージをし、弾きはじめる。

自分が成長したのか、しなかったのか。自分が魔法使いになれたのか、なれなかったのか。その答えが知りたかった。

演奏中、皆が息をひそめ、私の音楽を聴いてくれているのがわかった。

終わった瞬間、「ブラボー」の声が上がった。

でも、その男性の声は、ジェイソンではなかった。

六

その半年後。

私のもとに日本のテレビ局の取材班がやってきた。

「桜庭さん、コンクール優勝おめでとうございます。NYの生活にはもう慣れましたか?」

「ええ、ありがとうございます」

私は音楽学校でインタビューを受けた。日本のテレビ局が私のドキュメンタリー番組を制作するという。学校の宣伝になるので、受けるように言われた。ただ、ドキュメンタリー番組のタイトルは、

「美人すぎるピアニストの正体は、サクラバの娘」

これには私も苦笑した。

「あの、この……美人すぎるってやめてもらえません?」

「今、日本ではこの~すぎるっていうタイトルが流行《はや》っているんですよ。大丈夫ですよ。桜庭さんは本当に美人ですから」

「いえ、そういう意味ではなく」

人の注目を集めるには、~すぎるというのも必要であるのはわかる。でも、そういう肩

書があると、肝心な音楽が副次的なものになってしまう気がする。

半年前のTコンクール。私は正直、優勝はジェイソンだと思っていた。練習のときに聴いた彼の演奏は最高だった。彼には自分の世界観があった。技術的に足りないところがあったとしても――それを補ってあまりある彼の多彩な音色があった。

ところが彼はファイナルに進めなかった。聞いた話だと、セミファイナルの演奏の途中で、何小節かすっ飛ばして弾いてしまったらしい。弾き間違いくらいなら許されるが、派手なミスは――失格だ。

ジェイソンのいないファイナル。私はシニアのコンクールで初めて優勝した。その後、出場した国際コンクールでも、私は優勝した。エージェントがつき、それからはとんとん拍子だった。こうして日本から取材がやってくるほどに。

「CDも発売になるそうですね。それもクラシックではなく、ジャズだそうで」

「ええ」

リサイタルを開いたときに、アンコールでジャズを弾いた。その演奏は動画サイトにUP《アップ》されたらしく、話題になり、CDのオファーが来た。アルバムの中の一曲は日本のCMに使われ、そこそこ売れた。親の仕送りなしで、NY生活を延長できるくらいに。

「桜庭さん、あなたにとってピアノとは何ですか?」

私はしばし考える。こういう、一言でまとめる質問は難しい。訊かれた人は皆、当たり前のように答えているけれど、頭がいいのだと思う。

「生涯のパートナーですかね」

そう答えると、インタビュアーは笑った。

「桜庭さんはピアノと結婚したんですか？」

「そうですね。ピアノはいなくなったりしませんから」

私は笑い、カメラマンとインタビュアーを連れて、校内を案内する。

私のNYでの生活風景を撮影するのだそうだ。カメラが入ると、親しくない人たちも寄ってきて、一緒に画面におさまった。その中に――ジェイソンはいなかった。

あのTコンクールのあと、彼が学校に戻ってくることはなかった。

彼のセミファイナルでの演奏の動画がネットに上がっていたので、私はそれを聴いた。緊張していたことをさしひいても、いい演奏とは思えなかった。

不思議なことに、ジェイソンの魔法のような音色は、機械を通すと消えてしまう。そういう演奏家もいる、とマリーニナ先生は言った。

「桜庭さん、最後の質問ですが」

インタビュアーは私にマイクを向ける。

「来年の夏にはビッグイベントが待っていますね」

「はい」

「意気込みはいかがですか?」

「全力でがんばりたいと思います」


数々のコンクールで優勝したあと、私に思いがけないチャンスが巡ってきた。

二〇一八年夏のビッグイベント。Nフィルハーモニーとの共演だ。予定していたピアニストがキャンセルした。その代役に私が抜擢《ばってき》されたのだ。

私を推薦したのは、Tコンクールの審査員たち。もちろん、マリーニナ先生の尽力《じんりょく》あってのことだろう。

曲目はラフマニノフの『協奏曲第三番』。ラフマニノフは数々のピアノ協奏曲を残しているが、中でも第三番は、世界一の難曲と言われている大曲。

でも、練習はしたことがある。楽譜は頭の中に入っている。

「準備まで一年を切っているわ。やれそう?」

マリーニナ先生に訊かれ、私は迷うことなく答えた。

「やります」

このチャンスを逃す手はなかった。Nフィルとの共演は、国際的ピアニスト、桜庭響の、本当のプロデビューになる。

とはいえ、ラフマニノフの協奏曲には手こずった。ラフマニノフは自身が一流のピアニストだけあって、ピアニストに相当の技巧を要求する。ラフマニノフは手が大きかったが、九度をつかむのがやっとの自分の手では、弾きこなせない。半年以上先のことだけれど、オーケストラとの初音合わせの日までに、仕上げておかなくてはならない。

私は死にものぐるいで練習した。

ジェイソンはいつの間にか、マリーニナ先生のプライベートレッスンもやめていた。モニカからはひどくなじられた。私がジェイソンの音楽をだめにしたと。

言われなくても、わかっている。ジェイソンは繊細な感性の持ち主だ。私は彼を傷つけたのだと思う。彼に本当のことを話すべきだった。あたえてもらうだけあたえてもらって、彼に――ひどいことをしてしまった。ジェイソンはバイトをしていたジャズバーすらやめてしまった。彼の連絡先はわからなかった。

「ヒビキ、ジェイソンがピアノをやめたのは、あなたのせいじゃないわ。彼の問題よ。プロなら、どんな状態でもステージに立って、万全な演奏をしなくてはならないわ」

私の顔色の悪さを気遣《きづか》って、マリーニナ先生が言った。

「ちゃんと食べてるの？　人の心配ばかりしていたのでは、自分の身が持たないわ。コンサート・ピアニストになるなら、健康管理も仕事の一つよ。自分のコンディションがベストの状態になるように持っていかないと」

そんなことはわかっている。わかっているけれど——私は、ほとんど食事をとれなくなっていた。彼がこなくなった部屋は、楽しくなくなった。食事をとろうとすると、ジェイソンのことを思い出す。一人でとる食事は味気なかった。

けれど、ジェイソンのことを考える余裕はなかった。

協奏曲を練習するのは、久しぶりで、何時間練習しても足りなかった。

第三番を弾くのは、まるで大きな海に一人で遭難したかのようだった。難所をぬければ、また難所。休む暇《ひま》なく、次々と音が襲いかかってくる。波をかいくぐり、かいくぐり、私は音をつかんでいった。

そんなとき、右手に違和感を覚えた。練習中に妙にひきつるようになった。

それほど難しくないところなのに、鍵盤をつかめない。テンポを遅くしても同じだ。

「ヒビキ、練習のしすぎじゃないの？」

マリーニナ先生は言った。

「根《こん》を詰めるのもよくないわ。少しは休んだら？」

「でも、練習しないと間に合いません」

念のため、医者に行ったけれど、そこでは疲労だろうと言われた。

違和感はあったけれど、右指や右腕がはっているようなことはなく、痛みもなかった。今までもこういうときはあった。休めば治るはずだ。

湿布を貼ったり、体をあたためたり、さまざまな手を打ってみた。寝ているときに手を下にして神経を圧迫した可能性もあったから、眠るときの姿勢にも気をつける。でも、症状はよくならなかった。気晴らしに——小曲を弾いてみたり、ただ音階だけを弾く練習をしたりもした。が、演奏はぎこちなかった。

そのときになって私は、この手の状態がただごとでないことに気がついた。

「先生、指が動かないんです」

私はマリーニナ先生の研究室に駆け込んだ。

「ずっと、カデンツァの練習をしていたからかもしれません……」

「腱鞘炎《けんしょうえん》ではないの？」

「いえ、痛みはなくて……。指が言うことを聞いてくれないんです」

マリーニナ先生の前で鍵盤を叩くと、私の右手の指はくにゃりと曲がる。

「ヒビキ、この状態はいつからなの？」

マリーニナ先生は顔色を変え、レッスンを打ち切ると、私を専門の病院に連れていった。ＣＴスキャンやＭＲＩなど、検査は本格的なものになり、私はこわくなった。でも、このときはまだ、最悪の事態は考えていなかった。

数多くの精密検査を受けた結果、私の右手にくだされた診断は、「フォーカル・ジストニア」。

聞いた瞬間、目の前が真っ暗になった。ジストニアとは神経症の一種。ピアニストの職業病ともされる難病で、治療法は見つかっていない。その病名は聞いたことはあった。でも、自分の身にふりかかるなど、一度も思ったことはなかった。

「お気の毒ですが――」と医者は言った。その診断が信じられず、私はほかの病院に行ったが、ジストニアという診断は覆《くつがえ》らなかった。

ジストニアの治療法に対する医者の所感はまちまちだった。リハビリをすれば治るという人もいれば、治らないと断定する人もいる。一年間の休養は必要だと言う人もいる。ピアニストで治った例はあると言う。でも、すぐに治った人の例はない。

アメリカの医療費は高額だ。病院巡りをしている間にも、出費はかさむし、Nフィルとの共演の日も刻々と迫っている。マッサージ、鍼《はり》、心理療法。良いと言われるものはすべて試した。でも、何をしても効果がなかった。

日本の両親のもとに届く、カードの請求額はすさまじいことになっていただろう。

鍼治療を受けて、帰宅したら、家に誰かがいた。

ピアノの音が聞こえた。それも――私が苦労して弾いていた、ラフマニノフの『協奏曲第三番』をやすやすと弾いている。

（まさか、ジェイソン……？）

彼は鍵を持っていなかったけれど、管理人に言えば、練習室を使えることになっていた。

でも、音ですぐにわかった。ジェイソンではない。ピアノを弾いていたのは――日本にいるはずの母だった。

「ママ、どうして？」

母は私の顔を見ると、コートを羽織った。

「事情はマリーニナから聞いたわ。今晩の便で日本に帰りましょう」

「何を言ってるの。帰れないわよ。公演があるのよ」

「そんなのキャンセルに決まっているでしょう」

「キャンセル？　いやよ。やっとデビューが決まって……今更キャンセルなんて……皆に迷惑がかかる」

「響、こんな手でラフマニノフの三番が弾けると思っていること自体が、すでに周りにとって迷惑なのよ」

「ママにはわからないわよ。やっとつかんだチャンスなの。やっと認めてもらって――。今、マッサージにも行っているのよ。効果が出るまであと数回通わないといけないけど、だんだんよくなっているって先生は言ったわ。もう少し待って。最悪、違約金なら自分で払うから。カードを使わせてもらった分も、ちゃんと払うわ」

私のジャズのＣＤは売れた。その曲のネット配信も良好だという。違約金を払えるだけの印税収入はあった。

「響、これはお金の問題じゃないの。信用問題なのよ」

「私がママたちの名前を傷つけるっていうの？」

「あなたの今後の信用問題よ」

母は冷静だった。

「仮に――マッサージで一時的によくなったとして、公演のリハまでにベストの状態に戻せると思う？　当日、皆を満足させる演奏ができると思う？」

「できる」

私はだだっ子のようだった。

「望めばできる」

口に出せば、願い事は叶うはずだった。が、母は私の言葉に気色ばんだ。

「そういう根拠のないことを言わないでちょうだい。できないものを、軽々しくできるなんて言わないで。弾けもしないあなたに目の前でうろうろされると、マリーニナだって迷惑なのよ」

母の言っていることは正論だった。

私の突然の帰国を知り、わざわざ見送りに来てくれたマリーニナ先生にろくにお別れも言えないまま、私は東京に戻った。

一年弱の魔法使いの修業は終わった。でも、なぜ、私にばかりこういうことがふりかかるのだろうと思った。やっとなにかをつかみかけたのに――私の手には届かなかった。

ジェイソンに本当のことを言わず、彼を傷つけたから、そのむくいだろうか――。

私の手の故障のことは、音楽評論家たちがさまざまな媒体《ばいたい》で書き立て、クラシックファンから多くのお見舞いの手紙が家に届けられた。

それらを読む気にもならなかった。母に諭《さと》され、いやいや読んだけれど、なんの慰《なぐさ》めにもならなかった。今、私がほしいのは、前と同じように弾ける右手。それか、右手の効果的な治療法。それだけだ。なのに、人々は無神経な言葉を私に届けようとする。

〈今はゆっくり休養するべきだと神様が言っているんです〉

ゆっくり休めだなんて――信じられない。一日練習しなかっただけで、指は鈍《にぶ》る。私が練習しない間に、世界中のピアニストたちは皆、上達する。差は開くばかりだ。休むことなんてできない。

日本の病院を回っても、私の手の効果的な治療法は見つからなかった。

ついに、母は言った。

「響、パパと相談したんだけど。ピアノ、やめなさい。引退したほうがいいわ」

私は耳を疑った。その言葉は、私にとって、死刑宣告にも等しかった。

「なんで？」

「その指じゃ、ピアニストは無理よ。一日でも一秒でも早く、別の道をさがしたほうがいいわ」

「治るかもって……言われたわ。そうよ、治ったら、テレビ局がドキュメンタリー番組でとりあげてくれるって話もあるのよ」

「響、私は個人的に、娘がそういう状態で演奏活動するのには反対よ。病気であったり、障碍《しょうがい》があってもいい演奏をする人はいる。でも、そういう人はごく稀《まれ》。困難な状態であればあるほど、人々はその人の音楽ではなく、不幸なドラマを楽しむの。病気だったという情報が先行して、あなたの音楽は正当に評価されなくなる」

メディアにとりあげられたピアニストは、タレント扱いだ。売れるかもしれないが、そうなると、音楽業界から二流の扱いを受けることがある。母の言うことは正しい。音楽家としての母の立場もわかる。でも——。

「ひどい！」

私は受け入れられずに、泣きわめいた。

「だったら、なんで私にピアノをさせたの！　何時間も練習させたの！　ピアノにしばりつけて、私にピアノしかない状態にさせて。二十年以上もピアノのために時間を使った。それは――全部無駄だったの？」

「無駄じゃないわ。音楽関係の別の仕事が見つかるかもしれないじゃない」

「ママは私をピアニストにさせたかったんじゃなかったの？」

「響、落ち着いて。私は明日、仕事があるのよ」

「ママは、ピアノが弾けるじゃない！」

私はその辺の物に当たり散らした。が、物を壊し続けても、鬱憤《うっぷん》は治まらなかった。騒動を聞きつけたお手伝いさんがやってきたが、母は動じなかった。

「放っておきなさい。頭を冷やせば、自分の立場がわかるわ。馬鹿《ばか》じゃないんだから」

私は母が所有するマンションに監視つきで閉じ込められた。その家のリビングにはグランドピアノがある。私が子供のときから練習してきたピアノだ。日本に帰ったら、このピアノで練習するつもりだった。もう弾けなくなるのかと思ったら、涙が止まらなくなった。

日本に帰った当初こそ、知人からメールが来たけれど、そのうちぷっつりと連絡は途絶えた。私が返信しなかったせいもあるけど、皆、私に構っていられないほど、自分のことで忙しいのだろう。

リビングのカレンダーには家族の公演予定が書き込まれている。

父は今年は海外公演でほとんど日本に帰ってこない。母もリサイタルとチャリティーコンサートの予定が入っている。兄もそうだ。音楽フェスティバルやマスタークラス。講演会に音楽会。テレビの収録もある。音楽や演奏会のことを忘れたいのに、この家では忘れることができない。家族間の会話はいつも、音楽絡《がら》みだ。

治療を兼ねて、私は家での完全休養を強要された。ピアノはあるのに、弾けない。

絶望しかなかった。マリーニナ先生に魔法の使い方を教わって、やっと、何かをつかみかけたのに。やっと、兄たちに並んで、世界のステージに立てるかと思ったのに——。

私のこれまでの人生をすべて否定された気持ちだった。

Nフィルとの共演のキャンセルは——まったくニュースにならなかった。桜庭響はその程度の知名度なのだ。簡単に替えのきくピアニスト。

ベッドに横たわり、私は右手を見つめた。

この手があるからいけないのだろうか。いっそのこと手が完全に壊れてしまったら、楽になるのだろうか。

ナイフを手首に当ててみる。細い筋はついたけれど、そう簡単に自分の体に傷をつけられるものではなかった。やけになっていても人間というのは、意外と臆病《おくびょう》なのだ。

帰国して、完全に魔法は解けてしまった。いや、あれは魔法使いと魔法使いの弟子がかけてくれた魔法で、そもそも自分に魔法を使う力などなかったのかもしれない。

これは悪夢で、目が覚めたら、私の手は戻っているのではないか。そう思って、深い眠りにつこうとしたけれど、何度目覚めても、私の手はよくならなかった。

家族に見捨てられた。誰も私を必要としていない。そう思うと、ますます絶望した。

そんな私のもとに、一通の招待状が届いた。

キッチンのテーブルの上に郵便物が置かれていた。その一番上の白い封筒には、こう書かれてあった。

「ライフ・トレード」

第二章

一

その手紙は音楽関係者やファンからの手紙ではなかった。でも、封筒の宛名は「桜庭《さくらば》響《ひびき》様」となっている。

〝The Life Trade 〜あなたの人生を交換します〜
ライフ・トレード社は、あなたの幸せを応援し、人生の再スタートをお手伝いします。
パーティー当日はあなたらしい服装でお越しください〟

参加費三十万円のパーティー。なにかのいたずらだろうか。それとも——宗教の勧誘のパーティーだろうか。見るからにうさんくさい。ライフ・トレードっていうのも意味がわからない。

(あなたらしい服装……)

そういえば、NY《ニューヨーク》にいた頃、ハロウィンの時期にコスチューム・パーティーっていうのに参加させられそうになったけれど、そういう仮装パーティーのことなのだろうか。

いずれにしても、興味はない。どこにも行きたくない。好奇の視線で見られるのもいやだ。

まるめてゴミ箱に捨てた。だけど、しばらく経《た》ったあと、私はその招待状をゴミ箱からひっぱりだした。招待状の文章にひっかかるものがあった。

〝あなたの幸せを応援し、人生の再スタートをお手伝いします〟

このパーティーの主催者は人の「幸せ」をどう定義しているのだろうと思った。人の幸せはそれぞれ違う。この人は私の幸せを本当にわかっているのだろうか。どう私を幸せにしてくれるのだろう――。試すような気持ちもあったのだと思う。

三十万という費用は、さすがに高すぎると思った。けれど、出せない金額ではない。

私は同封されていた振込先に三十万円を振り込んだ。なかば自暴自棄《じき》になっていたのだと思う。少なくとも、兄たちの成功話を聞いたり、演奏会に行くより、よっぽどましだと思った。

クローゼットの中にあった新品のワンピースを着て、私は招待状に指定された集合場所に行った。そこには黒いスーツ姿にサングラスをかけた男性が待っていた。

パーティーの集合場所なのに、ほかに誰もおらず、ますますうさんくさかった。

「はじめまして。桜庭様ですね」

その男性は私に話しかけてきた。彼はファッションモデルのように、背が高く、均整のとれた体つきをしていた。

「ご入金ありがとうございます。私はライフ・トレード社のCと申します。この度《たび》、桜庭様のお手伝いをさせていただくことになりました」

シイと聞いたとき、変な名前だと思ったけれど、日本に志位《しい》という名字があるのを思い出した。

「志位さん……ですか？」

「はい」

担当の志位さんは声も態度も落ち着いていて、聖職者か、カウンセラーのような雰囲気を醸《かも》し出していた。

私は志位さんの案内で黒塗りの車に乗せられる。少しだけ、身代金《みのしろきん》目的の誘拐かもしれないということが脳裏をかすめたが、志位さんの紳士的で、ゆとりのある態度を見て、それはないと確信した。仮に、誘拐だったとしても――それでもいいと思った。

「志位さん、ライフ・トレードって、どんなパーティーなんですか？　うちにコスプレ衣装がなかったので、普通のワンピースで来てしまったんですけど、大丈夫ですか？」

招待状にはパーティーの目的も趣旨《しゅし》も、書かれていなかった。

「仮装パーティーではありませんよ。その名のとおりです。人生を交換する相手をさがすパーティーです。新しい人生を得て、人生を再スタートするんです」

「それが――よくわからないんですけど」

志位さんは何やら説明してくれたけれど、私の頭は難しいことはさっぱりわからなかった。ピアノの練習に明け暮れていたせいで、普通の人が知っている一般常識が、私には欠けている。脳のデータを移行するとか、誰かと肉体を交換するなど、そんな魔法のようなことができるとは、信じられなかった。志位さんは「いずれ、おわかりいただけますよ」と笑った。

私にはそれより気になることがあった。

「志位さん」

「はい」

「どうして、そのライフ・トレードの招待状がうちに届いたんですか？　どうやって私の居場所を知ったんですか？」

私は、ずっと疑問に思っていたことを訊《き》いた。志位さんは私がサクラバ・ファミリーの、桜庭響であることを知っている。が、今現在、私が住んでいる母名義のマンションは、いわば隠れ家のような場所で、住所を知っている人は限られている。また、桜庭響が東京に戻っていることを知る人も、それほどいないはずだ。診察に行った医者から漏《も》れたのだろうか。いや、守秘義務のある医療関係者が簡単に患者の個人情報を明かすというのは考えにくいけれど。

「それは弊社《へいしゃ》の機密事項です」

「機密？」

「弊社の招待状は――世の中の不幸な人を選んで、送られます」

「不幸な人……？」

私は目を見開いた。私が不幸な人間だと、なぜわかったのだろう。

「桜庭様、弊社は独自に、人間の不幸指数を測定するシステムを開発しました。ただの不幸な人ではありません。本人に過失はなく、不可抗力で不幸になってしまった人です。人間は誰しも幸福になる権利を持っています。その人たちに手をさしのべるのが、我々の使命だと思っております」

難しいことはよくわからないけれど――。

「私を助けてくださるのですか？」

「ええ、桜庭様が幸せになるお手伝いをさせていただきます」

私はまだ志位さんの言葉に半信半疑だった。不幸な人につけこんで利益を得る人たちの噂《うわさ》を聞いたことがある。詐欺《さぎ》かもしれない。でも、もし彼らが私を本当に幸せにしてくれるのなら――騙《だま》されてもいいと思った。

「桜庭様は当パーティーには初めてのご参加ですので、僭越《せんえつ》ながら、こちらで桜庭様のデータをご用意させていただきました。間違い等ございませんでしょうか」

パーティー会場は大型ホテルのような場所だった。開場時刻まで個室で待機する。健康診断を受けたあと（パーティーに参加するのになぜ健康診断を受けるのかは謎だったけれど）、タブレットを渡され、パーソナルデータを確認する。年齢、住所、最終学歴――契約したエージェントに出したプロフィールとほぼ同じもの。これまで出場したマイナーなコンクールの名前まである。ネットに出まわっていないものまで、よく調べたものだと思う。

この建物内、うっすらとクラリネットの曲が流れている。職業病で、音楽が耳に入ると、つい曲当てをしてしまう。これはモーツァルトのイ長調のクラリネット協奏曲だ。ピアノやヴァイオリン曲でないから、まだ落ち着いて聞き流せる。

パーティーがはじまる前に、参加者全員に義務づけられているプロフィールカードとやらの記入を求められたけれど、私はほとんどの質問事項を白紙にしてしまった。

「演出する必要はありません。なんでもいいんですよ。ありのままの桜庭様の姿をご記入ください」と志位さんに言われたけれど、正直、困った。私に趣味はない。余暇《よか》にすることもない。好きな芸能人もいない。友達もいない。音楽家としても、演奏家としても中途半端《はんぱ》なキャリアで引退。あらためて、自分はつまらない人間だと思う。

自分の人生のメリットは、桜庭家の一員になれること、会社を経営している祖父から生前贈与してもらった資産があることくらいだろうか。

桜庭家の一員になるのも、正直、メリットがあるとは思えなかった。よほどの音楽好きならともかく、音楽談義ばかりの日常会話、下手《へた》をすると一日中クラシック音楽が鳴り響き、公演前はそれぞれが癇癪《かんしゃく》をまきちらす。そんな環境に、普通の人が耐えられるとは思えない。

「桜庭様、ライフ・トレードにおいて、この質問がもっとも肝心です」

志位さんが指さした質問は――

【人生に絶望したとき、その理由】

その人の人生をはかる指標になるという。

私は、フォーカル・ジストニアという病名を書こうと思ったけれど、「ピアノが弾けなくなったとき、指を痛めたため」と書き直した。桜庭響の手の故障はニュースになったが、病名までは公表していない。ここで情報が漏れるのはいやだったし、ライフ・トレードが本当のことだったとして――聞き慣れない病名のせいで、相手に敬遠されるのも困る。

ピアノを弾くときに右手は使えないけれど、こうして、右手でペンを握ることはできる。

日常生活を送る分には問題ない。

「桜庭様はどんな人生をご希望ですか？」

どんな人生――私は考える。最高の夢は、コンサート・ピアニストとして、生涯ステージに立ち、人々に魔法をかけること。でも、そのためには右手を治したい。ピアノを弾ける状態にしないといけない。

「手を治したいんです……」

もう一度、両手でピアノが弾きたい。それができたら、どれだけ幸せなことだろう。

「あいにく、私どものほうで、桜庭様の手を治すことはできません。が、右手を使える――ある程度、ピアノを弾ける方と人生を交換することは可能かもしれません。ライフ・トレードを希望される方の中に、ピアノを習った方も少なくありませんし」

私は信じられない気持ちで、志位さんの顔を見た。

「桜庭様でない他人の体でということになりますけれど」

ピアノが弾けるのなら、体などどうでもよかった。音楽一家のサクラバの一員であることにも未練はない。私の頭の中に音楽が鳴り響いている。これを――外に出すことができるのであれば――どんな体でもよかった。

パーティー会場で私は「一七〇」のナンバープレートをつけられた。個人情報保護のため、会場内ではこのナンバープレートの番号で呼ばれるとのことだった。

最初に私にリクエストを申し込んできたのは、三八番の、私と同い年の女性だった。彼女は頭の天辺《てっぺん》から足の爪先まで、ゴージャスなハイブランドで固めていた。

私たちは会場の奥に設《しつら》えられた、対話ブースで話をした。三八番さんが人生に絶望した理由は、「人間関係に疲れた」ことだった。

「亡くなった祖父があっちこっちに愛人を作って、その子供がまた愛人を作って、子供を産ませたんです。祖母が何を思ったか、その子たちを全員ひきとるなんて言い出したんですよ」

彼女は一方的に愚痴《ぐち》をまくしたてた。

「私はまるで家政婦なんです。自由時間なんてない。今は祖母の身の回りの世話で、家に閉じ込められているんです。だから、一人の時間が持てる生活がしたいんです」

三八番さんは自分の不幸を切々と訴えた。私からすると、どうでもいいような悩みで、そこに絶望する余地などないと思った。大家族の生活がいやなら、出ていけばいいだけなのではないだろうか――。そう思ったけれど、悩みは人それぞれなのだろうと思い直した。私の悩みだって、長年音楽に携《たずさ》わっていない人には、理解できないことに違いない。

「私の希望は、ピアノが弾ける体なんですが。指に故障は?」

「それなら大丈夫ですよ。私は高校生までピアノを習っていましたから。今はたまにしか弾きませんが、指はこのとおり動きます！」

三八番さんは対話ブースのテーブルを鍵盤に見立て、ピアノを弾くときのように指をパラパラと動かした。

「ご自宅にピアノは？」

「ありますよ。古いグランドです。今、甥《おい》がピアノを習っているので、たまに練習を見てやったりしています」

その言葉を聞いて、私の胸は高鳴った。またピアノが弾けるというだけで――申し分のない相手だった。

「では、三八番様の人生を試してみてはいかがですか？」

と、志位さんが私にすすめてきた。トレード翌朝から二週間の試用期間を過ごし、双方、新しい人生に納得すれば、そのまま別の人生を送る。納得しなければ、試用期間内であれば、もとの人生に戻ることができる。その際の手術や経費はすべて無料だという。試用期間中は、今の記憶を持ったまま、生活ができる。

すぐにでもピアノが弾きたくて、私はライフ・トレードの契約書にサインをした。

手術服に着替え、ベッドに横たわる。麻酔が打たれ、私は眠りに落ちた。

二

目を開けたとき、私は三八番――間宮玲子《まみやれいこ》という女性になっていた。目覚めた場所は、潮騒《しおさい》の音が聞こえる、高級旅館のような場所だった。

私は和室に敷かれた布団から這《は》い出た。見たことのない部屋。見たことのない家具。でも、疑問に思う暇もなく、手術の際に注入されたデータが必要な情報を教えてくれる。

ここは間宮さんの祖父母の家。間宮さんはここで――十二人家族と一緒に住んでいる。

私は鏡台に映った自分の姿を何度も確認した。

(嘘《うそ》……)

ライフ・トレードなど信じていなかった。

大がかりなゲームか、人生交換などといっても、どうせ催眠術でもかけるのだろうと思っていた。これは――まやかしではない。本物の魔法だった。

信じられなかったけれど、そうとわかれば、することは一つ。この家の離れに古いグランドピアノがある。私は取るものも取りあえず、寝間着姿のまま、ピアノに向かって一目散に走った。寝室の携帯電話が鳴っていたけれど、私はそれを無視した。

木造の、茶室のような離れは、間宮さんの甥御さんがたまにピアノを練習しに来るところだという。そこに無造作に置かれていた楽譜はバーナム、ツェルニー、ショパンのワルツ集。甥御さんはオーソドックスなレッスンを受けているようだ。

私ははやる気持ちをおさえ、椅子に座った。ピアノの蓋《ふた》を開く。

頭の中は桜庭響のままだったから、楽譜は頭の中に入っている。何百曲も。でも、無理はしてはいけない。急に難曲を弾いて、指を痛めるようなことがあってもいけない。まずは、慎重に、間宮さんの体がどこまで弾けるのかを確かめなくてはいけない。

私は指の訓練のための練習曲——子供のときによく練習したハノンを一番から順番に弾いてみることにした。

間宮さんの指は、私の意志に反してくにゃりと曲がることはない。でも——。

（全然、動かない！）

間宮さんは高校までピアノを習っていたという。でも、練習を続けていたわけではないから、指は衰《おとろ》えている。それに——彼女が弾けると思っていたレベルは——思った以上に低かった。

間宮さん情報をさぐると、最近も——子供の頃に発表会で弾いたショパンのポロネーズやドビュッシーのアラベスクをさらっていたようだ。だけど、全曲通して弾いたわけではない。弾けるところだけ——サビの部分だけを弾いて、弾いたことにしてしまっていた。だから、指が全然トレーニングできておらず、指が開かない。特に五の指（小指）が弱すぎる。

とりあえず、ハノンの一番と二番を弾いてみたけれど、それだけで疲れ果ててしまった。

では、バッハの平均律はどうだろう――と弾きはじめたときだった。

「朝っぱらからうるさいよ！」

怒鳴り声に私は跳び上がる。同居している間宮さんの義理のお姉さんだ。

「まだ六時じゃないの！　朝食の準備もしないで、何やっているの！」

「すみません」

私はピアノの蓋を閉める。そうだ。私は間宮さんでなくてはいけないのに――。

私はその後、家族全員の説教を順番に受けることになった。


間宮さんの日常生活を一言で言うと、家政婦だった。間宮さん自身は離婚を経験している。子供はいなくて、今は――他人を信用しない、おばあさんの身の回りの世話をしている。

豪邸だけど、十二人が一緒に住んでいるから、普通に生活するだけで問題が発生する。

ピアノがあっても、忙しくて、弾いている場合ではない。それに――そのピアノは今、甥御さんの練習用になっている。

甥御さんは週に一回ピアノを習っている。普段はここから一駅の、自宅の電子ピアノで練習していて、ピアノの先生のレッスンに行く直前だけ、曾祖父母《そうそふぼ》の家に立ち寄り、離れのグランドピアノで練習する。

「玲子おばちゃん、ピアノ見て」

「はい」

洗濯物を畳《たた》んでいた私は、その小学四年生の甥御さんに呼ばれ、離れに行く。甥御さんのピアノを見る間だけ、おばあさんの世話から解放される。間宮さんにとってこの時間は、息抜きで、ピアノを見るといっても、ほとんどアドバイスらしいアドバイスをしていなかったようだ。

「玲子おばちゃん、あのね、僕、学校の音楽の時間にピアノ弾いて、皆に褒《ほ》められたんだよ」

「そうなんだ。よかったね」

「ピアニストになれるって言うんだ。ピアニストも悪くないよね。ショパンコンクールに出て優勝するの」

「そのためにはたくさん練習しないといけないけどね」

「練習なんかいらないよ。僕、もう十分弾けるんだから」

甥御さんはそう言って、発表会で弾くらしいショパンの『幻想即興曲』を弾きはじめた。

私は言葉を失った。

（ひどい……）

ショパンがこれを聴いたら、墓の下から蘇《よみがえ》って小一時間説教するのではないかと思われるくらい、めちゃくちゃな演奏だった。右手は一拍ごとに四連符、左手は三連符。このリズムがとれていない。強弱記号も無視。最初から最後まで、嵐が吹き荒れ、すべてをなぎ倒していくような、でたらめな音楽。左手の伴奏部の音が大きすぎて、右手の主旋律が聞こえない。この子の先生は一体何を考えているのだろう。どうして何も教えていないのだろう。そう思った瞬間、

「もう一回、最初から！」

私は大声で叫んでいた。

「左手だけで弾いてちょうだい。違う！」

「玲子おばちゃん……？」

甥御さんは怯《おび》えた目で私を見ていた。

「全然弾けてないわよ。もう一度ドソドミドソから」

「おばちゃん……どうしたの？　指が痛いよ」

「文句はそこのフレーズが弾けてから聞くわ」

「僕は褒めてのびる子なんだけど」

最初の二小節だけを十回以上弾かされて、甥御さんは不満顔だった。

「褒められたかったら、もっとましに弾きなさいよ。だいたい褒められたいなんて、そんな甘っちょろいこと言っているようではピアニストにはなれないわよ！　レッスンの前は毎回、処刑台に立たされる気持ちになるのよ。演奏会やコンクールの日は胃がキリキリ痛んで、吐きそうになるの」

私がこの子の年のときは、当然のように猛練習させられて、曲を覚えさせられて。それでも――ピアニストの夢は届かなかった。こんなにのどかに両親の実家を訪問することなどなかった。

「おばちゃん、なんでそんなこと知っているの？」

甥御さんは、涙を浮かべた目で、私をじっと見ていた。

「そりゃ……」

私は口ごもる。

「テレビで見たのよ」

甥御さんは「おばちゃん、いつもと違う……」と母親（間宮さんの義理の妹さん）に報告し、怯えたように去っていった。

間宮玲子になって初日。私はどっと疲れた。子供にいらついてしまう親の気持ちがわかった気がした。厳しくしつけられた人間は、子供に同じことをしてしまう。

（甥御さんにやったことって、ママに言われたことだわ……）

落ち込んでいると、

「玲子さん、ずっと電話が鳴りっぱなしですよ！」

お手伝いさんが携帯電話を持ってきてくれる。電話の相手は志位さんだった。

「間宮玲子様の生活はいかがですか？」

「すみません、だめです」

「もう……ですか？」

ピアノが弾けたことはうれしかった。でも、中途半端に弾けたというだけでは、私は満足できないのだ。

それにこの家はピアノがあっても、練習できる環境ではない。私は――今のレベルになるまで、二十年以上かかった。毎日、ピアノに触れた時間は少なくとも五時間。だが、間宮さんになったら、一日に多くとも一時間しか練習することはできない。だとしたら、毎日練習できたとしても、今のレベルになるまでに、単純計算して五倍の時間――百年がかかるということ。寿命が尽きてしまう。

「ということがわかったんです……」

私は志位さんに報告した。

「本格的なライフ・トレードを行えば、桜庭様の脳のデータは間宮様のものと完全に同化しますから、そのときにはピアノに対する未練が消えているかもしれませんよ」

「それでも——間宮玲子さんの体で、残りの試用期間を耐えられそうにないのです」

「では、別の方をさがしたほうがいいのですね」

「お願いします」

しかし、私と人生を交換したいと言う人は、その後、あらわれなかった。

三

ライフ・トレードパーティーにはそれからも何度か顔を出した。毎回の参加費用は三十万円。いい鴨《かも》にされているだけではないかと思ったけれど、それでもよかった。

パーティー会場は不幸な人の集まりだ。自分以外にも不幸な人がいるという環境は、居心地よかった。

病院に通っているけれど、私の右手は相変わらずだ。フォーカル・ジストニアになってから、私の時間は止まったままだ。家族は皆、国内外で素晴らしく活躍しているというのに。

「トレードの相手って、なかなか見つからないものですね」

会場で私は志位さんと立ち話をする。志位さんも手をつくしてくれているけれど、私の好みがうるさいので、手をやいているだろう。

「そうですね。ピアニストレベルのスキルを持った方はなかなかあらわれませんからね。いたとしても——そういう方は、ピアノ以外の人生を望まれますから」

「そのほうがいいのかもしれませんね」

私は志位さんの言葉にうなずいた。

そうだ。ピアニストになれないのなら、音楽と縁のない生活を送ったほうがいいのかもしれない。両親も、兄たちもいないところで。一生、クラシック音楽を聴かない環境のほうがいい。

そう思っていたとき、ライフ・トレードパーティーに新しい参加者があらわれた。

パーティーの参加費は高額だから、彼女のような——庶民的な人が来るのは、実に珍しいことだった。中肉中背。仕事帰りのような、スーツ姿。おどおどした顔で、会場に入ってきた彼女は、華やかなパーティーで、異彩を放っていた。

「一三五番……さん？」

会場で渡されたタブレットで彼女の情報をさぐる。

三十代の女性。預貯金はゼロ。借金の返済に追われ、現在は入院したお母さんの世話で婚期を逃しているという。さまざまなアルバイトの経験があり、精神的、肉体的に強靭《きょうじん》。

驚いたことに、彼女には寿命、健康の項目でランキング一位のマークがついていた。

ここにいる人間の中で、一番寿命が長く、健康であるということだ。

パーティーの参加者たちは彼女に飛びついた。私も彼女の人生に興味を持った。彼女は確実に音楽と無縁な生活を送ってきたからだ。しかし、一三五番さんとトレードを希望する人は多くて、パーティー会場では近寄れなかった。彼女が健康で、余命が長いからだけではない。彼女には――それ以上のたぐいまれなる資質があった。

「一三五番さんに、リクエスト、出しておきますか？」

志位さんの言葉に私はうなずいた。

「ええ、お願いします」

だめもとだった。でもその日、一三五番さんは殺到する希望者の勢いにおされ、驚いたのか、非日常的なパーティーに気後《きおく》れしたのか、途中で帰ってしまった。


帰宅すると、家政婦さんが来て、部屋を掃除していったあとだった。ゴミ箱のゴミが処分され、冷蔵庫の中にタッパーに入れられた数日分の食事が入っている。

リビングのグランドピアノには大きな布がかかっている。そうするように、母が家政婦さんに指示を出したのだろう。私が荒れて、高級車並の金額のピアノを傷つけられてはかなわないと。

PCを起動すると、マリーニナ先生からのメールが入っていた。

Nフィルとの共演は予定通り、夏に行うことになった。曲目は変更することになったが、代役が見つかったので心配しないで。早く元気になりますように。

そういうことが、先生らしい穏やかな文章でつづられていた。お忙しい先生がメールをくれたことはうれしかった。私を気遣《きづか》って代役のことを教えてくれたのだろう。

確かに、先生が私を推したわけだから——代役が見つかって、先生の顔に泥を塗るようなことにならなくてよかったと思う。でも、それは建前だ。私の本音は——私じゃないとだめだと——私が必要だと言ってほしかった。チャンスを逃したこともそうだけれど、私のために尽力《じんりょく》してくださった先生の期待に応《こた》えられなかったのが、本当につらい。

マリーニナ先生のメールの最後には、「ヒビキが望むなら、Nフィルの公演の招待状を送る」とあったけれど、そんなものはいらなかった。自分の出られない公演のチケットなどいらない。誰が代役か知らないけれど——。

——失敗すればいいのに——。

そんな呪いのようなことすら考えてしまう。そうだ。代役の人が失敗すれば、やっぱり、桜庭響のほうがよかった——と自分の株があがるのではないかと。

私は頭に浮かぶ妄想を打ち消した。バカバカしい。そんなことはまず起こらないし、起こったとしても、その後、私にステージに立つ道はない。

メールアプリの受信トレイを開ける。スクロールすると、兄たちからのメールもあった。自分たちの仕事ぶりが順調であること、予定をキャンセルできないので、東京に戻るのは、しばらく先であるという連絡。作曲家の上の兄は、今、映画音楽に携わっている。下の兄は演奏活動の合間、どこかの音大の非常勤講師をすることになったらしい。父はオペラの指揮をすることになり、帰ってこない。ピアニストの母も春から夏にかけて、イベントが目白押しだ。

彼らはあえて平静を装って、いつも通りのメールを送ってきたのだろうけれど、無性に腹が立って仕方がなかった。家族の一人がつらい思いをしているときに、誰もお見舞いに来てくれない。私に寄り添おうとしてくれない。マリーニナ先生の連絡を受け、私の事情を知った母はNYまで飛んできてくれたけど――日本に連れ戻しただけで、そのあとはすぐに自分の仕事に戻ってしまった。

もっとも――皆から右手の故障を心配するメールが来たとしても、私はむしゃくしゃしたと思う。憐《あわ》れまれるのもいやだ。私は自分の気持ちがコントロールできなかった。

ピアノの練習をしないと、一日が長い。でも――と考える。何年か経って、病気が治って、ピアノが弾けるようになったとしても――私はもう、自分が目指すピアニストにはなれないのかもしれない。いや、もとの状態に戻ったとしても――私がピアニストとして成功する保証はない。

私レベルのピアニストは山ほどいる。私の実力はヴァイオリンの片手間にピアノを練習していたジェイソンにも劣る。私は自分が費やした四半世紀を、無駄にしたくないから、こうやってもがいているけれど、右手の故障は、才能がないから早くやめるようにという神様からの指令なのかもしれない。神様はずっとその指令を出していたのに、私はその声を聞かなかった。右手の故障は、きっとその罰なのだ。

そう自分に言い聞かせても、頭の中には今でもピアノの曲が鳴り響いている。それを音にすることができないのは、苦しくてたまらなかった。

そのとき、スマホが鳴った。志位さんからだった。

「桜庭様、夜分、申し訳ありません。今すぐこちらに来られますか？」

「はい？」

志位さんの声は心なしかうれしそうだった。

「桜庭様が希望した一三五番様が桜庭様とのトレードを希望されたのです」

それはまさに奇跡だった。

私はＰＣを閉じると、あわてて髪をとかし、メイクをし、着替えた。そして、迎えに来た志位さんの車で、ライフ・トレードの会場に向かった。

個室でちんまりと座っていた一三五番さんは、部屋に入ってきた私の顔を見ると、

「どうも、山田尚子《やまだなおこ》です」

そう言って、丁寧《ていねい》に頭を下げた。彼女はどこか思いつめた表情をしていたけれど、とても誠実な人だった。彼女はほかの人たちのように、一方的に愚痴を吐露《とろ》するのではなく、自分の人生のデメリットを淡々と説明してくれた。

「桜庭さんのような方からすると、私の人生は大変かもしれません。入院している母のお見舞いで毎日病院に行かないといけないんです。私の人生は親に振り回されました。働いても働いてもちっとも楽になりませんでした。家にピアノだってありません。音楽をやる余裕もないんです。私の人生と桜庭さんの人生は等価じゃありません。貧乏生活を余儀なくされますよ」

「構いません」

そういうことは、試用期間中に全部わかることだ。だけど――山田さんは気がすまないようで、申し訳なさそうに話を続けた。

「母の部屋は物も多いし、汚いですよ。桜庭さんのような生活をされた方には耐えがたいと思うんですけど」

この人は気がついていない。彼女は、皆が彼女の健康な体や、寿命にひかれたと思っている。そうではない。皆ひかれたのは、彼女の良識のある人間性だ。こういう人の周りに

は、同じような人が集まっているから、人間関係も円滑だろう。

山田さんは自分が普通であることをデメリットのように語ったが、それこそが強みだった。普通であるということは、どの環境にでも対応できるということだから。

「私のような人間と桜庭さんはつりあわないと思うんですけど……」

彼女は私になれれば、幸せになれると思っていた。彼女は私の人生をかいかぶっていた。私は——本当に中途半端な人間だ。山田さんが望む、借金のない——裕福な家庭の育ちではあるかもしれない。でも、それは自分で稼いで得たものではない。ＣＤの印税はあるけれど、それだってささやかなもので、今まで親に出してもらった費用を補える額ではない。今後だって、音楽の道が閉ざされた以上、食べていける手段などない。

家族関係だって良好とは言えない。兄とは音楽以外のことで話をしたことなんてない。親しくなった人は音楽関係者ばかりで——友達だって、一人もいない。

私はずるいから、それを何一つ山田さんに話さなかった。話さなくとも、試用期間になればわかるからだ。私の体に自傷行為の痕《あと》があることも。

「では、返事は明朝にでも——」

面会を終わらせようとした山田さんの担当者に、私は言った。

「いいえ、できることでしたら、今晩中にお願いします」

私は一刻も早く、自分の人生から逃れたかった。

四

目が覚めたとき、私は山田さんの部屋にいた。

天井が低くて、音楽学校の寮の部屋より小さかった。一間で、隅にキッチンがついている。部屋には最低限のものしかない。テレビもないし、パソコンもない。必要な用はすべてスマホですませるらしい。

冷蔵庫の冷凍室の中には、山田さん自身が切って凍らせた味噌汁《みそしる》の具材とか、一食ごとにラップで巻いたごはんがあった。

私は脳の山田さん情報から、彼女が毎朝食べている――ごはん、味噌汁、納豆、昨夜の残り――で、朝食を準備する。山田さんは朝からがっつり食べる人だ。私はこんな量を一度に食べられないけれど、目が覚めたら空腹感を覚え、不思議とぱくぱく食べられた。

彼女は卑下《ひげ》していたけど、働いて、稼いで、自炊《じすい》している――というのは、すごいことだと思う。我が家ではピアノの練習をしている――といえば、家事はやらなくてよかった。いや、自分のことに専念できるように、最初からお手伝いさんを雇っていた。だから、海外留学をしたときも、私は誰かが作った料理をあたためることしかしたことがない。

（ジェイソンがうちに来たときも、料理を作ってもらってばかりだったし）

山田さんの――ある種、殺風景な部屋で目につくのは雑誌だ。アルバイト、転職情報、それから、ブライダル情報の雑誌。そういえば、山田さんは婚活中だ。

朝食を終えると、志位さんから電話が入り、簡単な問診を受ける。電話を切ったあと、私は山田さんの状況が気になった。

（山田さん、もう起きた頃かしら）

私は自分のスマホに電話をする。トレード相手との接触は本当は禁じられているのだけれど、山田さんの様子が知りたかった。

何度目かのコールのあと、

「もしもし……」という声が聞こえた。自分ってこんな声なのか、とあらためて驚く。気味が悪いくらい母の声に似ている。

「突然すみません。本当はお互いに連絡取り合うのは契約でNGらしいんですけど、そちらの様子が知りたくて。どうですか？　何か、不自由なことはないですか？」

「ないです。全然。快適に過ごさせてもらっています」

山田さんの声ははずんでいる。

「そうですか。ならよかったです」

「桜庭さんこそ、うち狭いでしょう？　大丈夫ですか？」

「いいえ、こういう生活に憧《あこが》れていました」

それは本当だ。もっと早く——こういう、普通の人の生活を経験したかった。そうすれば、無神経な発言をして、人を傷つける回数は減っただろう。

「今日、パートの日ですよね。がんばって仕事してきます。そのあとは、病院に行きますね。山田さんのお母さんに会うのは勇気がいりますけど、ばれないようにしないとですね」

「ありがとうございます。母を……よろしくお願いします」

「はい」

私は脳内の山田さん情報をさぐる。山田さんとお母さんは不仲だという。山田さんのお母さんが山田さんの名前を借りて、借金をしたことが理由。それなら、お母さんとしばらく距離を置くなりすればいいのに、山田さんはお母さんを見捨てることができない。

不幸にも、いろんな種類がある。山田さんは責任感の強さとやさしさのせいで、不幸になってしまった。

(独りよがりな私とは正反対……)

目についた結婚情報誌をパラパラとめくる。こういう雑誌があるということも、実はよく知らなかった。

「結婚か……」

ジェイソンが傍《そば》にいたときも——彼と結婚したいなんて考えたことはなかった。結婚が人並みの幸せというのも、わからない。私からすると――ピアノで満足のいく演奏ができたときのほうが何十倍も幸せだ。ステージで演奏して、曲を弾き終えたときに、会場の観客がスタンディング・オベーションしてくれたら――。

私ははっとして、頭の中の妄想をかき消す。それが手に入らないから、普通の人の人生を得ようとしているのに――。

着替えていると、スマホに着信があった。

「おはようございます」

この陽気な声の主《ぬし》は、酒井《さかい》さん。山田さんが入会した結婚相談所の担当者だ。

「山田様に新しいお見合いパーティーのご案内で、お電話しました」

ああ、そうか。私は脳内の山田さん情報を確認する。山田さんはこの酒井さんからお見合いパーティーとやらに誘われていた。けれど、お母さんの借金が発覚したため、結婚相談所を退会しようと考えていた――らしい。

（山田さんの所持金はいくらなんだろう……）

私は山田さんの使いこんだバッグをさぐる。バッグと同じくらい使いこんだ山田さんのノーブランドの財布には――五千円しか入っていなかった。入院中のお母さんに二万円を貸してしまったため、今月は五千円で生活しないといけないらしい。

しばらく日本にいなかったから、日本の物価はよく知らないし、いつもカードで買い物していたから、五千円というのがどのくらいの価値があるか、わかっていないのだけれど。

（四十ドルか五十ドルくらい？　だったら、確かにきついかも……）

「酒井さん、今月、お金ないんです」

正直にうちあけたが、酒井さんは簡単に引き下がらなかった。

「だったら、再来週のイベントはいかがですか？　女性会員は千円ぽっきり。ランチ代でお見合いパーティーに参加できるっていうのはお得ですよね」

今の自分には千円もきついのだけれど、私は酒井さんの調子のいい営業トークにまるめこまれてしまった。これまでやったことのないことを経験してみたかったというのはある。

桜庭響であれば、お見合いパーティーに行きたいなどと言っても、両親が許してくれなかっただろうし、二番目の兄に馬鹿《ばか》にされただろう。

音楽家でない人の、普通の生活ぶりを知りたかった。

「わかりました。参加します」

酒井さんの話を聞いて、五分後、私はそう答えていた。


私は山田さんの日常をトレースする。午前中は惣菜屋《そうざいや》のバイトに行く。

山田さんの担当は仕込みで、何時間も具材を揚げ続ける。立ちっぱなしだし、体中に油のにおいがついて、正直、気分が悪い。

入ったばかりの新人パートさんはまだ慣れていないので、その人に指示を出しながら、自分も動く。コロッケをフライヤーに放り込んだあと、サラダや煮物をパックに詰める。しかし、驚いた。山田さんはよく働く。厨房《ちゅうぼう》の中で一人だけ三倍速で動いている。体が覚えていて、何をするべきかをわかっている。これだけ働いていて、疲れないのがすごい。疲れない体というのがまたすごい。

家事のできない私が、ちゃんと野菜や肉を切って調理をしているのも感動的だった。山田さんの手は、スライサーを使わなくても、機械より早く、キャベツの千切りの山を作っていく。すべては山田さんの脳の情報が補助してくれているからだけど。

惣菜パックに値札シールを貼っていると、

「尚ちゃん、時給上げるから、派遣よりこっちの仕事しない？」

店長から声をかけられる。山田さんの働きぶりは店長からも認められている。

戦争のようなランチタイムが終わると、本日の仕事は終了。帰る準備をしていると、

「尚ちゃん、これ、いつもの」

店長に惣菜のパックを渡された。

このお惣菜屋さんでは、賞味期限が二時間を切ると、商品を引き上げる。ここでアルバイトするメリットは、希望すれば、その商品をもらえること。今日の成果は、チキン南蛮《なんばん》、

野菜の天ぷら、マリネとポテトサラダ。こうやって、山田さんは食費を節約している。

「ありがとうございます」

惣菜のパックが入った袋を持って、私は近くの公園に行った。天気がいいから、外でランチをとるのも悪くない。

「いただきます」

適度な体の疲れもあって、私は次々と料理をたいらげた。油分の多い揚げ物は、桜庭響の体なら胃もたれを起こしてしまうけれど、そんな心配もなかった。

（おいしい……）

日本に戻ってまともな食事をしたのは久しぶりだった。ここのところ、体が食事を受けつけなくて、朝は野菜ジュースしか摂《と》っていなかった。

山田さんのこの体はなんでもおいしく食べられる。おいしく食べられるというのは、それだけで体の奥底から幸福感がわき出てくるのだ。

ただ、納得がいかなかったのは、これだけ一生懸命に働いて——稼いだ金額が三千円ほどだということ。楽譜もろくに買えない金額だ。

（アメリカじゃないから、いくら熱心に接客しても、チップはもらえないし——）

食事を終えた私は、空になったパックをゴミ箱に捨て、水筒に入れたお茶を飲む（山田さんは節約のため、水筒にお茶を入れて持ち歩いていた）。

山田さんになってから、ふとした瞬間に思い浮かぶのは、ジェイソンのことだ。彼もバイトに明け暮れ、こうやって働いたあと、ピアノのレッスンに行っていた。

連日バイトをしているから――疲れて、眠いのは当たり前だ。なのに、私は当初、彼のことを不真面目《ふまじめ》だと思っていた。そう思っていた自分が恥ずかしい。私は音楽ができる環境が当たり前で、家から仕送りをしてもらっていて、お金に苦労したことは一度もない。自分のような存在に、ジェイソンはきっといらついただろうに――その態度を見せることはなかった。

私は青い空を見上げる。

彼は今、どうしているだろう――。

ジェイソンのことを思い出すのは――山田さんの部屋で、私のCDを発見したからかもしれない。

(山田さん、私のこと知っていたんだ)

NYで初めて出した、ジャズのCD。クラシック界で有名なサクラバ・ファミリーの末娘がクラシックではなく、ジャズを弾いた――そのことは、話題になった。ジャズを専門に勉強したわけではないのに、ジャズらしさが出ていると評判になり、その中の一曲がC

Mで使われた。

でも、その演奏は私の実力ではない。ジェイソンの演奏の模倣《もほう》。完全コピーではない。自分なりの演奏ではあったけれど、あとで聴き直してみてわかった。ジェイソンの音楽だ。ジェイソンならこう弾くだろうな、彼はこういうフレーズが好きそうだなと思ったものを音にした。

ＣＤが売れたことはうれしかったけれど、ＣＤのオファーがあったジャンルがクラシックでなかったことは少なからずショックだったし、結局、その評価が完全に自分の実力ではなかったこともショックだった。結果として、ジェイソンを利用してしまったことも――。

山田さんの部屋にあった私のＣＤは――山田さんが行きつけのカフェのマスターにもらったもの。そのマスターは私のファンだという。山田さんはマスターに好意を持っているけれど、一方的な片思いで告白できていない。マスターが好きな桜庭響になれば、マスターの関心をひけるのではないかというのが、彼女が私を選んだ理由の一つ。

彼女が桜庭響の体で、マスターに告白するかどうかはわからない。でも、山田さんには悪いけど、うまくいかないのではないかと思う。マスターは桜庭響という、サクラバ・ファミリーの一員のピアニストという表面に恋をしているだけだ。桜庭響の中身がひどいエゴイストであることを知ったら、皆、離れていく。

（あ、でも、今の桜庭響の中身は山田さんだから、うまくいくのかな？）

私の中身はコンプレックスの塊《かたまり》だったけれど、山田さんの中も、私に負けないほどのコンプレックスで満たされている。両親の借金とその返済で、まともな生活が送れなかったこと、借金の返済が終わったかと思いきや、母親がまた借金をしたこと、自分の容姿、学歴がない――。どうしてそんなことにコンプレックスを抱くのか、わからない。

自分の足で立って、生活できている山田さんは――それだけで尊敬に値《あたい》するのに。

午後は、山田さんのお母さんのお見舞いに行く。

山田さんのお母さんが入院している病院には、桜の木が何本も植えられている。とても日本的な光景だ。そういえば、NYのブルックリンの公園にも桜はあった。そこで桜祭りのイベントがあったけれど、結局、行かずじまいだった。アメリカだけではない。これまで、いろんな国を訪れた。なのに、花を見た記憶はない。季節の移り変わりを楽しめる時間も、余裕もなかった。

(山田さんになれば、もっと気持ちに余裕ができるかもしれない)

入院病棟《びょうとう》の三階。四人部屋の窓際《まどぎわ》のベッドにいるのが山田さんのお母さん。骨折したほうの足はギプスで固定され、つられている。

「ああ、来たの」

山田さんのお母さんは、部屋に入ってきた私に気づき、笑顔を見せる。いつもピリピリした緊張感を漂わせている私の母とは違う。おっとりとして、とても人のよさそうなお母さんだ。

　お見舞いに何を持っていくべきか、悩んだ。山田さんもこれまで少ない生活費をやりくりして、いろんな物を持っていったけれど、すべて口もつけず断られていた。

「これ、食べて」

　私は英語が印字された、おしゃれな紙包みを差し出した。病院に来る途中、ＮＹで評判のチョコレートの店を発見したので寄った。予算的に厳しいかと思ったけれど、二個入りがあった。中のチョコレートは個包装で、それぞれポップなデザインがほどこされている。ここのチョコレートを嫌いな人はいない。これなら山田さんのお母さんに喜んでもらえるかと思いきや、

「こんな高いものいらないわよ。持って帰って尚子が食べなさい」

「どうして？　お母さんに買ってきたんだよ」

　山田さんのお母さんをお母さんと呼ぶことには少し抵抗があったけれど、私は脳内に保存されている山田さんの口調をまねて言った。

「いつもいらないって言っているでしょ？　そんな無駄遣《むだづか》いをして」

　山田さんのお母さんは頑《かたく》なに、いらないを繰り返した。山田さんなら引き下がるところ

だろうけれど、私は我慢ならなかった。山田さんが心に抱えていた、お母さんに対する鬱《うっ》憤《ぷん》に同調してしまった。

「いい加減にしてよ！　いらないって言われるのは、ものすごく傷つくんだけど！」

私の剣幕に、山田さんのお母さんは怯えたような表情をした。いけない。山田さんははっきりとした意志表示をする人ではなかった。

（間宮さんのときも、これで失敗したんだった……）

私は笑顔をつくった。

「二つあるから、一つは隣の人にあげればいいじゃない」

「隣の人……」

山田さんのお母さんはぼんやりと私の顔を見た。が、娘の体の中にいる私の存在に気づいたわけではないようだった。

「隣の人にいつもお世話になっているでしょ？　お金を貸してもらったりして」

「ああ。ああ、そうね……」

やっと納得すると、山田さんのお母さんはそのチョコレートをガウンのポケットにしまった。

（そんなところにしまったら、チョコレートが体温で溶けてしまう……！）

そう思ったけど、私は自分自身をなだめた。

話すことがなくなり、私は山田さんがいつもしているように、お母さんにお茶を淹《い》れた。

「桜がきれいね」

山田さんのお母さんは、窓から見える病院の桜を見つめた。お茶をすすると、何かを思い出し、顔を上げた。

「尚子、この間、矢野《やの》さんから連絡があったんだよ」

「矢野さん？」

私は山田さんの脳内をさぐるが、その名前は出てこない。

「尚子が覚えてないのも無理はないわね。小さい頃に一、二度会っただけだし。矢野さんって、お父さんの昔の友達なの。長野で事業をはじめたそうで、そこの食堂の住み込みのスタッフを募集しているって」

「へえ」

「お母さん、怪我が治ったら、そこで働こうかと思ってるの」

意外な話に、私は状況をのみこめなかった。山田さんは、このお母さんが重荷になって、人生に絶望し、ライフ・トレードを希望したはずだった。山田さんはお母さんに収入の見込みがないとも思っていた。自分が生涯世話をしないといけないと――。

「還暦《かんれき》すぎても、仕事することはできるのよ。だから、尚子に借りたお金だってすぐに返せると思うわ。私のことは心配しなくていいの。お母さんは一人でだってやっていけるんだから」

「わかった」

私は正直、山田さんがうらやましかった。こういうお母さんがいることは、とても幸せなことだ。ピアノが弾けなくても叱《しか》られない。

山田さんのお母さんはそれから、いくつかの思い出話をした。私はそれをだまって聞いた。その思い出はいずれ自分のものになるかもしれないのに――どこか他人事《ひとごと》のように。

私の頭はそれより、別のことにとらわれていた。

＊＊＊

「山田尚子様として一週間が経ちますが、いかがですか?」

スーパーの買い物帰り、黒いスーツ姿に、サングラスをかけた志位さんがあらわれる。

駐車場に停めた志位さんの車の中で、私は中間報告をする。

「山田さんは、どうしてこの人生に絶望したんでしょうか」

私の、心からの言葉だった。

「山田さんの人生は毎日がとても穏やかです。焦燥感《しょうそうかん》もないですし、劣等感に苛《さいな》まれることもない。外を歩いていても、誰もふりかえらない。桜庭響とはまったく別の人生です。

世界の大半の人は、音楽がなくても、しっかり生きているのを知りました。初めてのことばかりで——とても新鮮です。来週も、初めて、お見合いパーティーに行くんです」

「そうですか」

「結婚には興味がないんですけど、普通の人がやっていることを知りたいんです。音大に在籍中も、合コンとか行ったことがなかったんです。機会はあったんですけど——出会いを求めて、飲み会に行く人を見下してさえいました。馬鹿なのは私のほうでした。高尚なクラシックをやっていれば、自分が高尚な人間であるとでも思いこんでいたんでしょうか。人を知り、人とつきあうことも——大事だったのに」

「では、このまま続行でよろしいですか？」

「ええ。山田さんの体はタフだから、私ができなかったことがなんでもできるんです。多少の睡眠不足でも、しっかり働けるし、食べ物の好き嫌いもないですし。ただ——」

「何か不調でも？」

「不調というか……」

間宮さんの体だったときも、同じ現象に悩まされた。私は思い切って言った。

「音楽と無縁な生活を送っているはずなのに——音楽が聞こえるんです。ちょっとしたときに頭の中で音楽が鳴り響くんです」

志位さんは私の発言を受け流した。

「桜庭様、それは誰でもそうですよ。テレビから流れてきた曲とか、耳に残った何気ないメロディーを頭の中で再生するのは、誰にでもあることです」

「そうでしょうか」

私のはそういうのとは違う気がした。

気がつくと、ラフマニノフの『ピアノ協奏曲第三番』を、頭の中で最初から最後までさらっていた。もうピアノを弾かなくてもいい、今後弾くことはないとわかっていても、つい、やってしまう。一音も間違えずに再生できて、ほっとする。まだ楽譜を覚えていることにも――。

頭の中のリサイタルは続く。ショパンの練習曲《エチュード》を全曲演奏する。リストの『マゼッパ』はどうだろう、バルトークは覚えているだろうか。ラヴェルの『夜のガスパール』。バラキレフの『イスラメイ』。そうやっているうちに、ピアノについて考えてはいけないことを思い出す。そうすると、今度はヴァイオリン曲が頭の中を支配する。――ジェイソンが弾いていた曲だ。

「それは桜庭様の記憶が残っているからです」

志位さんは私の症状を記録しながら、言った。

「試用期間を終えて、時間が経てば、その記憶はいずれなくなります。が、職業音楽家でない、一般の人でも、耳に残った音楽が再生されることは普通にありますよ」

「音楽とともに、いろんな記憶が蘇るんですが」

「それも――どなたにも起こりうる現象です。この試用期間中、自分の人生と他人の人生を比べることが多いから、自然と思い出されてしまうんです」

志位さんと話している間も、頭の中ではせわしなく音楽が流れ続けている。

難曲が続いたから、今度はバッハになった。なつかしい。子供の頃に習った前奏曲《プレリユード》だ。この一番を聞くと、自然とある曲が思い出される。この前奏曲に旋律をつけた曲は――グノー作曲の『アヴェ・マリア』。グノーが書いた原曲は、声楽用だけれど、私の耳にはヴァイオリンの音が響く。と同時に、

「へたくそ！」

少年の声がふってくる。そうだ。主旋律を弾いたのは、ヴァイオリニストの二番目の兄、奏《そう》。

私がまだ小学生くらいのとき、父が主催した音楽イベントで、私と兄はグノーの『アヴェ・マリア』をデュエットすることになった。兄はヴァイオリンを弾き、私はピアノの伴奏部を担当した。初めて合わせ練習をしたとき、感情表現はヴァイオリンに任せ、淡々と弾けばいいと兄に言われた。なのに、何回弾いても私は兄の望むように弾けなかった。

「違う、違う、響、そうじゃない！　なんでこんな簡単なことがわからないんだ！」

癇癪《かんしゃく》を起こした兄は、私をどかし、自分でピアノの伴奏部を弾いた。

兄の演奏は、淡々としていたけれど——柔らかなハープの音色のようで——音楽性が深くて、夜の湖に浮かぶ月の光のように美しかった。

「自分が二人いるほうがましだ」

もっとも、兄がきつく言うのは、私が妹だからだ。人間性は最悪なのに、兄の手は至上の音楽を奏《かな》でた。

「こんなことで、泣くなら、やめてしまえ！」

兄に言われた言葉が蘇る。そう言われたときに、やめておけばよかったのだろうか。そうすれば——時間を無駄にすることはなかった。

小さい頃は、国内コンクールで一位を取り続けた。けれど——成人してから出場したコンクールは予選落ち。結果を聞いても、母が怒ることはなかった。ただ、黙り込んでしまった。父も兄たちも無反応だった。彼らを喜ばせたい。認めてもらいたい。そう思えば思うほど、私はどんどん下手になり、自分を見失った。

心の奥に封印していた記憶。山田さんになることができれば、この悪夢のような記憶も、同時にわきおこるいやな感情も、忘れることができる。頭の奥で、『アヴェ・マリア』を聴きながら、私は志位さんに自分のことを話した。誰かに聞いてほしかった。

「両親は最初から、私にはあまり期待していませんでした。中学までは厳しかったですけど、その後は放任主義というか。世間でよくある、親がつきっきりで子供に英才教育をほどこすという環境ではありませんでした。彼らは家族ではあったんですけれど——家族より、自分の音楽を大事に思っていました。それはそうです。ベストコンディションを維持するために、家族間の些細《ささい》な問題事など構ってはいられません。音楽家はエゴイストな生き物なのです」

でも、家族はどうあれ、周囲は私に期待を寄せた。あの国際的指揮者と国際的ピアニストの娘だから——。あの天才作曲家と天才ヴァイオリニストの妹だから——成功して、当然と思われていた。

「私は兄たちが猛練習するのを傍で見てきたので、どうすれば成功するのか、知っていました。兄たちと同じくらい——いえ、それ以上に練習すれば、私にも道は開けると思いました。伸び悩んでいたときに、幸運にも、伝説のピアニストと呼ばれたマリーニナ先生に声をかけていただき、彼女の——魔法使い養成学校に入ったのです」

そこで、やっと何かをつかめたと思った。魔法を使えるようになり、魔法使いのはしくれになり、やっと——家族の皆に近づけたと思ったのに——。

「桜庭様」

志位さんが私の手をとった。いつの間にか私の目から、涙があふれていた。泣いても、どうにもならないことは、子供のときに十分すぎるほど学習したのに。涙は止まらなかった。

「感情的になられると、拒絶反応が起こることがあります」

「私の人生は後悔することばかりです」

「もう大丈夫です。私どもは、桜庭様の幸せのお手伝いをいたします」

五

「じゃ、お母さん、また明日」

私は病室を出る。

車椅子に乗った山田さんのお母さんは、廊下まで見送ってくれ、私に手をふる。これから検査に行くそうだ。

「じゃあね」

今日は試用期間の最終日。志位さんから連絡がないということは、山田さんは私とのライフ・トレードに了承したということだ。

(もう少しの我慢……)

頭の中で鳴り続けている音楽のせいで、頭がおかしくなりそうだった。本格的なトレードをすれば、この音は薄れていくという。志位さんのその言葉を信じたかった。

「ああ、山田さんの娘さん」

エレベーターの前で、山田さんのお母さんと同じ病室の人に会った。

「どうも」

「いつもお見舞い、えらいですね」

「いえ……」

エレベーターは各階に止まっているようで、なかなか私たちの階まで来ない。

「今日はミニコンサートの日だから、皆、ロビーに行っているのね。私も皆の分、早く席を確保しないと」とその人は笑った。

厚意で教えてくれたのだろうけれど、

(ピアノのミニコンサート……)

いやなことを聞いた。入院病棟を出ると、病院本館の出入り口で、ボランティアスタッフの人たちが、ミニコンサートの呼びかけをし、プログラムを配っていた。

入院病棟にしか来たことがなかったから知らなかったけれど、ここの病院のロビーにはグランドピアノが置かれていて、月に一回、ボランティアの演奏家による、無料のコンサートが行われているらしい。

「半身麻痺《まひ》のピアニスト、奇跡の復活」

無理やり押しつけられたプログラムを見ると――ピアニストの女性は――知らない人だった。ということは、国際的な活躍はしていない人だ。

プロフィールを見ても、メジャーな音大を出たわけではない。師事した先生の名前は有名だけど――。私はピアニストの娘だから、つい、うがった見方をしてしまう。こういうプロフィールに書かれたことを、完全に信じることはできない。有名な先生のマスタークラスやプライベートレッスンで、一度教わっただけでも、〝○○先生に師事〟とプロフィールに書くことはできる。高名な先生の名前を使い、自分を実力より上に見せ、客を呼ぼうとする演奏者はいる。

事実、母に一度しか見てもらっていないのに、ピアニストの桜庭雅《みやび》に師事とプロフィールに書いた若手ピアニストがいて、母が迷惑した例があった。

この女性が病気から回復したことは素晴らしいと思う。でも、病気の情報が先行すると、人はその人の音楽を正当に評価できなくなる。その復活ドラマが劇的であった場合、なおさらだ。その人の音楽が――プロからするとプロの域に達していないと思えるものでも、一般人はドラマに感動し、高い評価を下したりする。

病気や怪我《けが》を克服して、本当にプロとして素晴らしい演奏をする人もいるけれど、そうでない人もいる。そういう人に対し、母は「プロとしての実力もないのに、病気をビジネスにしてまで、ピアニストでいるのは見苦しい」と辛口《からくち》だった。私もある種、母の意見に賛成だ。十分な演奏ができなくなった以上、さっさと引退したほうがいさぎよいと思う。それが客のためでもある。

長年の母のすりこみなのかもしれないけれど、私はどうも、同業者に厳しくなる。

気がつくと、病院本館に続々と人が集まっていた。この日の夜、私はお見合いパーティーに行く。その準備のため、さっさと帰ろうと思った。が、

「あ、山田さんの娘さん、ちょうどよかった。席がとれたわよ！」

と先ほどエレベーターで会った、山田さんのお母さんと同室の女性が本館から出てきて、私の手をひっぱった。断ることができず、私はロビーに連れていかれた。そこにはすでに人だかりができていた。地元のメディアの取材も入るらしい。

「山田さんの分の席もとったけど、お母さんはどちらに？」

「母はこれから検査だそうです」

「そうなの、残念ね。せっかくなのに」

「あの、私、後ろで立ってますから。座席は患者さん優先で――」

「そう？　遠慮してない？」

「ありがとうございます。でも、後ろで大丈夫です。途中で帰らないといけないので」

私はそう言って、用意されたパイプ椅子から離れたところに立った。

「この人、半身麻痺で、両手で弾けないいんだけど、すごくいい演奏をするのよ」

集まった人々がプログラムを見ながら、囁《ささや》き合っていた。

ああ、いやだな、と咄嗟《とっさ》に思ってしまった。まだ私の心は音楽に対する準備ができてい

ない。なまじ耳があるから、下手な演奏に耐えられない。素人《しろうと》が言う、いい演奏――というのもあてにならない。完全に山田さんになったら、こういうことを忘れられるのかもしれないけれど。

演奏者は思ったより若かった。私より、五、六歳上だろうか。桜の季節に合わせてか、桜を思わせる、薄桃色のノースリーブのドレスを着ている。

何やら自己紹介をはじめたけれど、声がぼそぼそしているので、後ろのほうまでは届かなかった。それから彼女はお辞儀をし、椅子に座った。曲がはじまってからいなくなるのは失礼だから、今のうちに立ち去ろうと私は思った。

患者たちのパラパラとした拍手がおさまった。そのときだった。

(――――!)

彼女が弾いた――その和音は、私の足を止めた。空気を切り裂くような、決然とした音。

私はこの曲を知っていた。信じられなかった。

(この曲は……)

私は全身を揺さぶられるような衝撃を受けた。

私の頭の中の音が外に飛び出してきたかと思った。その曲は――無伴奏ヴァイオリンのためのパルティータの第二番、『シャコンヌ』だ。原曲はヴァイオリンで、ジェイソンがよく練習していた。彼女が弾いているのは、ブゾーニ編曲のピアノ版ではない。ヴァイオリンの原曲より、一オクターブ低い――音域でいうとヴィオラのような――だけど、ほとんど原曲と同じ、余計な装飾を排した、『シャコンヌ』。

（この『シャコンヌ』は一体――？）

私は手にしたプログラムに目を落とす。ピアニストのプロフィールの下に、小さく曲名が書かれていた。ブラームス編曲の『左手のためのシャコンヌ』。

そういえば、聞いたことがあった。ブラームスが敬愛するクララ・シューマンが右手を痛めたときに作った曲。原曲を大事にするブラームスの編曲。

ピアニストが左手で弾くその音色は、丹念に楽譜をひもといていった。

――『シャコンヌ』は好きなんだ。世界で一番好きな曲かもしれない。

ふいに、ジェイソンの声がふってきた。まただ。忘れたいのに、なぜ、彼のことを思い出すのだろう。

――暗闇《くらやみ》の中で苦しんで、もがいている、まさに人生のよう。でも、その暗闇の中でふっと光が見える瞬間がある。自分が持っているこの曲のイメージは、人間の苦難と祈り、そして救済――この曲を弾くと、神の存在を感じるんだ。

この会話はＮＹで、ジェイソンがヴァイオリンで『シャコンヌ』を弾いたときのもの。

頭の中の彼の言葉を振りはらおうとした。でも、だめだった。音楽は記憶と結びついている。

彼女の演奏は――私の心の扉を次々と開いていった。

――ヒビキ、この曲を弾くと、自分に神様がおりてきたような気分になる。だから、つらいことがあったとき、これを弾く。

――ヒビキ、つらいことはいつもあるよ。誰にでもある。普通に生きているだけでもね。でも、『シャコンヌ』を聴くと、力づけられる。聴く人だけじゃなく、演奏家も。

ジェイソンのやさしい声に耐えられなくなって、私は顔を覆《おお》った。

どうしてこんなことが起こるのだろう？

曲が『シャコンヌ』だったから？　彼女の演奏が素晴らしいから？　そうではない。このピアニストは感情のこもった演奏をするけれど、技術面には粗《あら》が見える。主旋律に合わせて、伴奏部がよれる。音も――バロック時代のような、チェンバロを意識した音を出そうとしている。その意識は見えるけれど、成功していない。

母の言葉を借りると、見苦しい演奏――なのかもしれない。では、なぜ、この人の演奏はこんなにも心を打つのだろう。なぜ、私は泣いているのだろう。

――ヒビキ、明けない暗闇はないのよ。忘れてはいけないわ。あなたは魔法使いなのよ。

次に脳裏に蘇ったのは、黒いワンピースを纏《まと》ったマリーニナ先生の顔。

NYを発《た》つとき、先生は忙しい仕事の合間を縫って、見送りに来てくれた。

言葉を交わした時間は、十分もなかった。その間、私は先生の話を真剣に聞いていなかった。自分の身に起きたことがショックで、信じられなくて、周りに気を配れなかった。

でも、記憶の中に先生の顔と声はしっかりと刻まれていた。

励ましてくれる先生に、魔法なんて使えません。

――弾けないのに、魔法なんて使えません。

励ましてくれる先生に、私は子供のように言った。

――魔法を覚えたことすら、無駄だったんです。こんなことなら、最初からピアノを習わなければよかったんです。

その言葉にマリーニナ先生は悲しそうにほほえんだ。私の言葉は、母や、マリーニナ先生を傷つけたと思う。でも、そのとき、私にはわめくことしかできなかった。

――先生のもとを離れたら、私の魔法は消えてしまうんです。

そう言うと、マリーニナ先生はふくよかな体で私を抱きしめた。

――ヒビキ、魔法を使う場所は、コンサートホールのステージの上だけではないの。練習室の中だけでもない。あなたが望めば、どこでも魔法が使えるの。

――そんな気休め言わないでください。

――気休めじゃないわ。あなたは賢い子よ。きっと私の言葉がわかる。

マリーニナ先生とのやりとりの映像が頭に流れている間も、『シャコンヌ』の演奏は続いていた。私は『シャコンヌ』を弾く、ピアニストを見つめた。

ああ、そうか。この人は——いや、この人も、魔法使いなのだ。マリーニナ先生の言った、魔法使いだ。彼女は、魔法をかける能力を持っている。そう、魔法をかける相手はコンサートホールだけにいるのではない。魔法をかけるべき相手は——コンサートホール以外の場所にも、こんなにも、大勢いるのだ。

一曲目からガツンと重い『シャコンヌ』ではじまったミニコンサートは、その後、スクリャービンの『左手のための二つの小品』に移る。

スクリャービンはモスクワ音楽院時代、ラフマニノフと一位二位を争った。手の小さかったスクリャービンは超絶技巧の難曲を練習しているうちに右手を壊してしまう。そして、手が回復するまで、左手の曲を書いた。スクリャービンの曲は、一般の人からするとマイナーかもしれないけれど、皆は彼女の演奏を楽しんでいた。

それからショパンの『エオリアン・ハープ』。左手だけで演奏するから、音域が狭くなるのは仕方ない。でも、左手だけでも、弾くことはできる。

目に浮かんだのは、深い深い、ヨーロッパの森。川のせせらぎ。木々のざわめき。そんなイメージが伝わってくる。主旋律は、甘く美しい。つらいことがあっても、大丈夫だと、そよ風のように、やさしく語りかける。どこまでもやさしく。

ああ、そうか。私は腑《ふ》に落ちた。このピアニストの演奏が私の胸を打つのは——彼女がどんな状態になっても、ピアノをあきらめなかったからだ。

ミニコンサートはアンコールを入れて、三、四十分ほどで、大盛況のうちに終わった。

ピアニストの周りに人が集まって話しかけている。一緒に写真撮影をする人もいる。

私はこれまで数多くの演奏会に行ったけれど、出待ちをしたことなどなかった。だけど、この人と話をしてみたかった。

彼女と話し込んでいた最後の一人がいなくなったあと、意を決して、話しかける。

「あの……」

「はい」

その人は、穏やかな顔で私の目を見た。でも、何を話していいのかわからなかった。私は今、山田尚子で、桜庭響ではない。

思い悩む私の顔を見て、彼女は何かを察したようだった。

「弾いてみますか？」

そう言って、一度、閉めた鍵盤の蓋を開けた。

「少しくらいなら、大丈夫だと思いますから」

私の頭の中でずっと音楽が鳴り響いている。そのことを彼女は知っているかのようだった。

弾けるはずはない。間宮さんのときで思い知った。山田さんの手は、間宮さん以上に訓練されていない。指は開かないし、のばしても一オクターブ届かない。でも――。

私の――山田さんの手は――鍵盤に触れた。その指はたどたどしかったけれど、『シャコンヌ』の主旋律を弾いた。楽譜を見る必要はない。楽譜はすべて頭の中に入っている。今、彼女が演奏した『シャコンヌ』を――私は一オクターブ高い、ヴァイオリンの高さで弾いた。

指が動かないから、指使いはめちゃくちゃだ。本来は片手で弾けるところを、右手の補助を借りる。けれど、音はすべて正しく叩いた。八小節ほど弾いたところで、彼女は言った。

「あなたも、ピアノをされていたのですね」

私のつたない演奏を、彼女は正しく読み取ってくれた。

「ピアノ……弾けなくなったんです。お医者様にも止められて……」

そう言うと、

「失礼ですが、病名を訊いてもいいですか？」

「ジストニアです。右手を痛めて……」

「右手だけですか？」

「はい」

「よかった」

彼女はほほえみ、さらりと言った。

「じゃあ、弾けますね」

彼女の言葉に私は動揺した。

「弾けません。前のような演奏はもうできないと医者に言われていて……」

「でも、あなたは立派なピアニストですよ」

「ですが、私はもうステージには……」

「いいえ、自分がピアニストだと思ったら、ピアニストなんです。病気だから弾けないんじゃないんです。世間の目がどう思おうと、病気になっても、怪我をしても、私たちは——音楽をやめられない人種なんですよ」

私は彼女の穏やかな顔を、じっと見つめた。その言葉は——きっと、私が一番ほしかったものだ。

私たちは病院の外に出るまで、並んで歩きながら話をした。着替えを済ませ、普段着姿になった彼女は、杖をつきながら、ゆっくり一歩ずつ確認するように歩いた。手を貸そうとしたけれど、断られた。こうやって一人で歩くのもリハビリの一環だからと。

「弾けるようになるまで五年かかりました」

と彼女は言った。

「第一線で活躍するプロの方からすると、目を覆うような演奏なのはわかっています。これでもコンサート・ピアニストを目指していました。お恥ずかしい話ですが、若い頃はピアノ教室の先生になったり、スーパーの催し物会場で演奏したり、ましてや病院で演奏するなど――落ちぶれた音楽家がすることだと思っていました」

海外の音楽院に留学が決まった矢先、彼女は交通事故に巻き込まれた。表面的な怪我は治ったけれど、体の半分が麻痺してしまったという。

「絶望したことはなかったのですか？」

「ありましたよ。何度もやめようと思いました。でも、やめられなかった。頭の中に音が響いているんです。それを――どうしても外に出したい。自分の手で音楽にしたい。きっと、あなたも、そうじゃないんですか？　あなたも――魔法使いだから」

その言葉にドキリとした。驚いた私の顔を見て、彼女はほほえんだ。

「すみません。わけがわからないですよね」

「いえ」

「今の言葉、本物の魔法使いの受け売りなんですよ」

「魔法使い？」

「私が敬愛するピアニストなんですけど、オリガ・マリーニナっていうんです」

六

こんなところで、マリーニナ先生の名前を聞くとは思わなかった。

その日の夕方。お見合いパーティーの席でも、私は今日会ったピアニストとの会話を思い返していた。交通事故に遭《あ》い、彼女は人生に絶望していた。そんなとき、入院先の病院でたまたま読んだ本で、マリーニナ先生のことを知ったという。マリーニナ先生も若いときに手を故障したり、病気で演奏活動ができなくなった頃があったらしい。

それ以降、マリーニナ先生は楽に弾けるように、演奏方法を変え、より内面を探求するようになった。結果、マリーニナ先生は若い頃より、深くて多彩な音色を生み出したという。マリーニナ先生の本が日本で売られていたなど、知らなかった。

「その本のタイトルを教えてもらえませんか?」

私は彼女に訊いた。私も、その本を読んでみたかった。

「すみません。タイトルは覚えていないんですけど」

彼女は考え込んだ。

「マリーニナの自伝ではなかったと思います。この逸話《いつわ》は確か——別の人の本で読んだんです。そう、思い出しました。ピアニストの桜庭雅さんの本です」

桜庭雅？

私は言葉を失った。

（ママだ……）

「昔、桜庭雅さんがスランプに陥《おちい》っていたとき、マリーニナに言葉をかけてもらって楽になったんだそうです。そこで、マリーニナの過去を知って、励まされたという、確かそういう話だったと思います。ご存知ないですか？」

私は首を横にふった。知らなかった。母にもそんなときがあったなんて――。

恥ずかしい。苦しんでいたのは、自分だけではなかった。なのに、自分だけが子供のように、皆、わかってくれないと、手足をバタバタさせて駄々をこねていたのだ。


「山田さん！　聞いてますか？　フリータイム、はじまってますよ！」

酒井さんの声で私は我に返る。

「え、あ、はい」

そうだった。今、自分は、山田尚子として、お見合いパーティーに来ているのだ。

「いいと思う人がいたら、積極的に声をかけに行ってくださいね。何番の人がよかったですか？　お手伝いしますから」

「はい」

そのシステムは、ライフ・トレードのパーティーと少し似ていると思った。

積極的に行けと言われたけれど、正直、これという男性はいなかった。共通の話ができそうなのは、音大卒だという十七番の男性だろうか。派手な色のスーツを着ているその男性はすでに、女性たちに囲まれていた。

「えー、すごい、ピアニストさんなんですね」

その声に思わず反応してしまう。彼は、まあね、と答えていた。

(ピアノ科の男性か……)

私は甘ったるいジュースを飲みながら、遠巻きに彼らの会話を聞いた。

「ってことは、絶対音感とかあるんですか?」

「まあね」

「じゃあ、本当にすごい人なんですね」

世の中の人は勘違いしている。私にも絶対音感はあるけれど、絶対音感がある、すなわち、いい演奏家とは限らない。が、その男性は、女性たちにちやほやされ、鼻高々だった。

「日本でも有名な先生についていたんだよ。桜庭雅って知ってる?」

(……ってママじゃない)

「知ってる！　超有名人ですよ」

「彼女のレッスンを受けたことあるよ」

「ええー、すごい」

嘘だ、と私は確信した。母は演奏会活動で忙しくて、プライベートレッスンはほとんどやっていない。その言葉が事実なら、音大などで催《もよお》される母の公開レッスンを聴講したくらいなのだろう。

男性は師事した教師と言って、有名ピアニストの名をあげつらねた。そんなにころころ先生を変えるところがあやしいのだが、一般の人にはわからないようだ。訂正するのも面倒で、私は甘ったるいジュースを飲み終え、おかわりをもらいに行こうとした。

そのときだった。

「ここにピアノがないのが残念だよ。僕の音はマリーニナ仕込みでね。聴かせてあげたかったんだけど」

男性は高らかに言った。マリーニナ先生の名前に、私の耳がピクリと反応する。

「マリーニナ？　外国人はちょっと……」

女性たちは戸惑《とまど》っていた。

「ああ、知らなくても仕方ないよ。弟子をとらないという評判の伝説のピアニストなんだ。三年前から教わっていてね」

「えー、そうなんですか。すごーい」

「伝説のピアニストとはいえ、今では結構衰《おとろ》えているんだよね。僕はマリーニナの推薦で、彼女のご主人が主催しているTコンクールにも出たことがあるんだよ」

　その話を聞いて、私は黙っていられなくなった。この男性は大ウソつきだ。相手が業界を知らないのをいいことに、話をでっちあげている。マリーニナ先生の音楽学校でも、プライベートレッスンでも、見たことのない顔だ。自分以外に日本人の生徒がいたら、すぐわかっただろう。

　おまけにTコンクール？　私は我慢しきれず、彼らの会話に割って入った。

「あの……オリガ・マリーニナという名前が聞こえたもので」

「すごいピアニストなんですか？」

　男性を取り巻いていた女性の一人が私に訊いた。

「ええ、音色の魔法使いと言われる、伝説のピアニストですよ。ライブ録音を好まないので、音源は出まわっていないんですけど。あなた、そのマリーニナに師事していたんですか？」

「まあね」

　男性は突然の私の登場に驚いたようだが、私が音楽に詳しいと見てとると、歓迎ムードだった。マリーニナのすごさを私が説明することで、自分が持ち上げられると思ったからだろう。

私はにこやかに言った。

「でも、あなた、本当にマリーニナに習っていたのでしたら、すごいですね。お住まいはずっと東京ってことですけど、どちらでマリーニナに教わったんですか？」

男性は、素人はこれだからいけない――という表情をした。

「音大だと一流ピアニストの講習会とかセミナーがあるんですよ。それに参加したんですよ。それだけじゃない。あのマリーニナはうちに来てレッスンしてくれたりもしたんです」

「私の知る限り、マリーニナはここ数年、NY郊外に設立した学校のレッスンで忙しく、来日されたという話はうかがっていないんですけど」

「マリーニナは、マスコミ嫌いだから、来日情報も非公開にしているんだよ。軽々しく情報を公開するような人じゃない」

「へえ、そうなんですか」

女性たちは私とこの男性の会話を黙って見守っていた。私は笑顔を崩さずに、質問を続けた。

「あとお訊きしたかったんですが、あなた、Tコンクールに出場されたんですよね。そのコンクールって、かなり最近設立されたコンクールですが、何年に出られたんですか？」

「それは……二年前だよ」

「そのときの優勝者は？」

「僕を疑っているんですか？　桜庭響ですよ。あの桜庭雅の娘」

なるほど、そのくらいの情報は知っているのか、と私は思った。

「えー、すごい、桜庭響の演奏、生で聴いたんですか？」

女性たちが反応する。彼女たちも私の名前を知っていた。

「CMのジャズの人でしょ？　『美人すぎるピアニスト』、実物はどうだったんですか？」

「ああ、たいしたことなかったよ。『美人すぎるピアニスト』だしね。親が音楽関係者だから、彼女の優勝だってコネであらかじめ決まっていたんだよ。そんなコンクールやってられないから、僕は一次で辞退したけどね」

「一次で何を弾かれたんですか？」

私はすかさず訊いた。

「私、そのTコンクールにいたんですよ。予選もだいたいの曲は聴いたんですけど、マリーニナの弟子の演奏なら、忘れるはずないと思うんですよね。何を弾かれました？」

男性は、たじたじしはじめた。

「そ……それは……」

ファイナリストの情報は、ネットに出ているが、予選の情報まではさがせなかったようだ。

「先ほど小耳にはさみましたけど、今年のMコンクールに出るんですって？　予選まであと一カ月しかないのに、どうしてこんなところにいるんですか？　課題曲は相当の難曲ですよ。結婚相手をさがしている場合じゃないでしょうに」

「僕は天才だから、真剣に練習する必要なんてないんだよ！　マリーニナについているしな！」

　この人は馬鹿だろうか。練習をしない天才など、見たことがない。

　私は彼に言い放った。我慢の限界だった。

「あなた、そのくらいの知識とレベルでマリーニナの弟子と名乗るのは、たとえ嘘でも、マリーニナが迷惑しますから、おやめください。それと――自分が出場したコンクールの課題曲くらい、ちゃんと調べておいたほうがいいですよ」

　そう啖呵《たんか》を切ったとき、何かつきものが落ちた気がした。

　瞬間、頭の中でソの音のファンファーレが高らかに鳴り響いた。

　なんの曲だろうと思った。ああ、ショパンの『アンダンテ・スピアナートと華麗なる大ポロネーズ』の、ポロネーズに入る前のファンファーレだ。

　この男性がTコンクールのことを話すから、ファイナルで弾いた曲を思い出してしまった。

　序奏がはじまると、曲は転調し、明るく華やかなポロネーズがはじまる。高く舞い上がる――爽快感《そうかいかん》のある音だ。

それを頭の中で聴いていたら、いてもたってもいられなくなった。
弾きたいという欲求が、体の奥をつらぬいた。音が聴きたかった。
弾けるところまででいい。鍵盤に触れたかった。

終章

　山田《やまだ》さんには申し訳なかったけれど、私はライフ・トレードを辞退し、桜庭《さくらば》響《ひびき》に戻った。

　二〇一八年六月。幸い、私はまだピアニストでいることを許されている。右手の治療を続けながら、左手の練習を積んでいる。

　自宅のピアノで練習していると、

「『シャコンヌ』か」

　背後から声が聞こえた。

　ヴァイオリニストの兄の奏《そう》だった。ちょっとだけいやに思った。

「帰っていたの？」

「試験が終わって夏休みになったから、一時帰国」

　兄は昨年からアメリカの音楽大学で非常勤講師をはじめた。

　さっさと立ち去ればいいのに、兄は私の演奏を聴きながら、何やら考え込んでいた。後ろに立たれると、どうも集中できない。

「なんか文句でもあるの？」

　そう言うと、兄は言った。

「フレージングが誰かの演奏に似てると思ったんだ。……まさかと思うけど」

兄が口にしたのは、意外な人物だった。

「ジェイソン・リード」

その名前に私は耳を疑った。

「知っているの？」

驚いたのはこっちだ。私はジェイソンの『シャコンヌ』をなぞるようにピアノで弾いていた。それを見事に言い当てられた。もっと驚くべきは、いまだにジェイソンの演奏を覚えている兄の記憶力だ。兄が優勝したコンクールでジェイソンは『シャコンヌ』を弾いたそうだから、聴いたことがあるのは確かだろうけれど。

「だと思った。彼の『シャコンヌ』は強烈だったから」

兄の言葉は、勝者の発言だ。

「それでも、ジェイソンはお兄ちゃんに勝てなかったんでしょ」

「響、あそこまでいくと、もう勝敗じゃないよ。セミファイナルでの彼の演奏は素晴らしかった。僕と僅差《きんさ》の二位で通過したんだ。でも、彼はファイナルを辞退した」

「辞退……？　なんで……？」

「たぶん、ファイナルの前に完璧な演奏をしてしまったからだ」

「わからないわ。完璧な演奏をしたら、それが次へのモチベーションになるんじゃないの？」

「響、奇跡のような完璧な演奏をできたときに抱くのは、恐怖だよ。次に人前で演奏するのがこわくなる。人々はこれ以上の演奏を求めるのに、それを超える演奏はできないと思ったら、体が竦《すく》むよ」

私はまだそういう境地にいたったことがない。

「お兄ちゃんにでもそういうことあるの？」

「何言っているんだよ。そのくらい誰にでもあるだろう？」

兄はふてくされたように言った。意外だった。兄は完全無欠の超人だと思っていたから。

「それにしても、よくジェイソンのこと覚えていたわね」

「ああ、当時からふざけた人間だったよ」

「ふざけた？」

「セミファイナルの前日、練習中にジャズばかり弾いていた。それもピアノで」

私はぷっとふきだした。ものすごくジェイソンらしい。そして、そういう不真面目《ふまじめ》なジェイソンにいらついた兄は、やっぱり私の兄だと思う。

「あの頃、僕が年下で脅威《きょうい》を感じたのは、彼くらいだよ。絶対に世に出る人間だと思った。彼の『シャコンヌ』は――もう一度、ステージで聴きたいな。ものすごく、説得力があるんだ」

その言葉をジェイソンが聞いたら、どれだけ喜ぶだろう。なのに——彼の行方はわからない。

「響こそ、なんでジェイソンのことを知っているんだ？」

「だって——」

私はNYでのジェイソンとの出会いをかいつまんで話した。マリーニナ先生の音楽学校のことも。彼との個人的な関係のことは完全に省略したけれど。

（一人暮らしの部屋に彼をあげたとか、彼がお兄ちゃんのピアノを勝手に使っていたなんて話せないし……）

一通りの話を聞くと、

「ああ、なるほどね。あいつピアノなんかやってたのか」

兄は納得したようにうなずいた。

ジェイソンは今、どこにいるのだろう。

彼に話したいことがある。彼に謝らないといけない。それに——彼の魔法は強力すぎた。じわじわと浸透する。彼がいなくなって——私は忘れるどころか、彼の音楽を毎日追っている。でも、どうしていいかわからなかった。

はっとした。今、アメリカに住んで、音大でヴァイオリンを教えている兄なら——ジェイソンをさがす手がかりを教えてくれるのではないだろうか。この嫌いな兄に頼るのはいやだけど――。そうだ。願い事は、口に出さなければ誰にもわかってもらえない。

「どうした?」

私は深呼吸した。そして、願い事を言った。

「私、ジェイソンに会いたい」

「え?」

「お兄ちゃん、ジェイソンがどこにいるか知らない? 私、彼に謝らないといけないことがあるの」

兄は目をぱちくりさせた。

「お願い! 彼、絶対に今でもヴァイオリンを続けているはずなの」

「響、何言ってるんだ。知らないのか? 彼はとっくに世に出てきたじゃないか」

兄はタブレットを開き、インターネットを検索し、あるページを出した。

Nフィルの定期公演のページだ。

(え……?)

「ジェイソンは、響の代役に抜擢《ばってき》されただろう。今年の夏のNフィルのやつ」

演奏者の名前に、ジェイソン・リードの名前がある。

驚くのは、私のほうだった。

「まさか。だって、ジェイソンはラフマニノフの三番を弾けるほどの技術はなかったわ」

「だから、ピアノじゃないんだよ」

ということは――。

「ヴァイオリン？」

おそるおそる言うと、兄はうなずいた。

曲目はチャイコフスキーのヴァイオリン協奏曲。

すべての符牒《ふちょう》が合致した。そうか。だから、マリーニナ先生は私に公演の招待状を送るとメールしてきたのだ。ジェイソンが出るから――。

「今頃、NYで必死で練習しているよ。先生に名器を貸してもらって」

「なんで知っているの？」

「彼は――うちの音大のヴァイオリン科に戻ったんだよ。音大で彼が師事している教授に会ったとき、練習する場所がなくて困っているって聞いたから、うちのマンションの練習室を提供したんだ。間に合わせるんだったら、二十四時間練習できる場所が必要だろう？」

「うちの……って、NYの、あの、ピアノが二台ある？」

「そうだよ。やつは、やけにあの場所になじんでいたけどな」

うれしくて、頭がどうにかなりそうだった。兄に抱きつきたかったけれど、ここは日本だし、兄と私の関係で、そんなことはできない。体がうずうずした。

「お兄ちゃん！」

「なんだよ」

「私、今、初めてお兄ちゃんと兄妹《きょうだい》って気がした」

「なに言ってんだよ。バーカ」

ジェイソンは——こんなにも近くにいたのだ。NYに——。私と一緒に過ごしたあのマンションに。

「しかし、響のことを知っていたはずなのに、やつはなんで、そのことを僕に話さなかったんだろう。お見舞いの一言くらいくれてもいいのに、冷たいやつだな」

そんな独り言を呟《つぶや》きながら、部屋を出ていこうとする兄の背中に私は、言葉を投げかける。

「お兄ちゃん、ジェイソンを助けてくれてありがとう」

「やつに才能があるからだよ。天才は窮地《きゅうち》に陥《おちい》っても、周りが放っておかないんだ」

「だよね」

兄は、はたと立ち止まる。

「響、周りが放っておかなかったのは、ジェイソンだけじゃないだろう?」

私は自分の耳を疑った。

「お兄ちゃん、もう一回言って!」

「言わない!」

「いいじゃん、もう一回くらい」

「死んでも言わない！」

兄のヴァイオリンが聴こえてきた。兄の音はジェイソンとは違う。完璧だけれど——以前より、やさしさを感じた。

人間は変わるものだ。いや、変わって見えるのは、自分が変わったからかもしれない。

左手で、『シャコンヌ』を弾きながら私は決意した。

NYに行こう。行って、ジェイソンに伝えなければいけない。

まだ私に魔法が使えるなら——彼に私の気持ちを伝えたい。

私は願い事を音にのせた。

The Life Trade 3
Fumito Nakai

その招待状は戻ってきた。

急な呼び出しを受け、ライフ・トレード会場に赴《おもむ》いた僕に届けられたのは、吉報ではなかった。

高級ホテルを思わせる豪華な控え室。革張りのソファに座る僕に渡されたのは――一カ月以上前に辞退し、別の人に権利を譲渡したはずの、ライフ・トレードの招待状だった。

「どうして……」

僕はその招待状を凝視した。中井文人《なかいふみと》様――まぎれもなく、自分宛の招待状だ。信じられなかった。再び、この招待状を見ることはないと思っていた。

「まさか……山田《やまだ》さんの奥さんは……ライフ・トレードの権利を辞退されたのですか？」

「ええ、中井様」

黒いサングラスをかけた、黒いスーツ姿の男性が僕の前のテーブルにコーヒーを置いた。

彼の名は――確か――永《えい》さんだったと思う。ライフ・トレード社の、僕の担当のスタッフだ。肌艶《はだつや》を見ると、僕よりいくぶん年下に見えるが、落ち着いているから、実年齢はわからない。

「中井様、譲渡したライフ・トレードの権利が戻ってきたケースは、弊社《へいしゃ》でも初めてなのです。それで、社内で協議した結果、最初の所有者である中井様のご意向をうかがったほうがいいという結論に達したのです」

永さんは、僕を呼び出した理由を説明した。

僕は正直、複雑な心境だった。山田さんの奥さんは、ライフ・トレードで別の人になり、幸せな人生を再スタートさせた頃だろうかと思っていたから。

「永さん……」

僕は声をしぼりだした。出されたコーヒーには手をつける気にならなかった。

「話が違うじゃないですか。ライフ・トレードは、人を幸せにするのではなかったのですか？　なぜ山田さんは辞退したんですか？　山田さんが望む方がパーティー会場にいらっしゃらなかったのであれば、期間を延長するようにすすめるべきだったんじゃないですか？　パーティーの参加費用なら僕が支払いますし」

「中井様、山田様はパーティーの参加も辞退されました。必要ないとおっしゃって……」

「え……？」

僕は驚いた。豪華なパーティーにすら出席しなかったなど――。ライフ・トレードは山田さんにとって、唯一の、絶望から逃れられる道ではなかったのだろうか。

「永さん、山田さんには娘さんがいましたよね。僕と同じくらいの年頃の」

「ええ、山田様は当初、お嬢様の尚子《なおこ》様にライフ・トレードの権利を譲渡されたのですが、その尚子様も辞退されました。尚子様は一度はライフ・トレードを希望されましたが、二週間の試用期間の後、必要ないと判断されたようです」

「そんな……」

僕は永さんの言葉を信じることができなかった。山田さん母子《おやこ》は、赤の他人のせいで理不尽な目に遭《あ》い、苦労をした。幸せになる機会が目の前にあるのに、なぜ、それに手をのばさないのだろう。彼らが――自分たちに借金を肩代わりさせた人を恨んでいないはずはない。誰でも一度や二度、人生をやりなおしたいと思うときがあるはずだ。その機会が手に入ったというのに、なぜ、完全に手放してしまうのだろう。

「ですので、中井様のライフ・トレードの権利はまだ有効です」

永さんは静かに言った。

「僕はまだ――不幸だとおっしゃるのですか？」

「ええ、弊社のシステムではそう判定されています。お望みでしたら、今回のライフ・トレードパーティーに出席することも可能ですが、どうなさいますか？」

僕は言葉につまった。

「考えさせてください」

永さんは僕のことを不幸だと言った。

確かに、第三者からすると、僕は、人より不幸に見える要素を持っているかもしれない。僕は天涯孤独だった。僕の両親は、僕が幼い頃に失踪《しっそう》した。

でも、幼いときの、幸せな記憶はある。

五歳か六歳だった頃、僕は父に連れられ、電車とバスを乗り継いで、遠い町に行った。そこは父の昔の友人夫婦が経営する食堂だった。

僕たちは歓迎されたけれど、父はお客として行ったわけではなかった。閉店時刻になり、お客がいなくなると、父と父の友人だという店主は、食堂の隅《すみ》で大人の話をはじめた。

二人の話は長かった。僕は、カウンター席に座り、店の棚に置かれていた子供用の絵本を読んでいたが、じきに飽きた。かといって、父たちの邪魔をするのも気がひけた。

そのとき、僕の目の前に木のトレイにのせられた食事が置かれた。

「文人くん、お腹《なか》すいたでしょ？」

母とかわらない年齢の、割烹《かっぽう》着《ぎ》姿の女性が、歯を見せて笑った。

それが自分に出されたものであることに、最初は気づかなかった。何度もすすめられ、僕は父のほうを見た。父の許可なく、人からもらったものを食べてはいけない。人の世話になったり、お金がかかることを――父はひどく嫌った。

「いいの、お父さんにはおばちゃんが言うから。まだあったかいうちにおあがんなさい」

そう言って、その女性は父にも同じように、トレイにのせた食事を出した。

「よかったな、文人。せっかく出してもらったんだから、残さず食べなさい」

父の言葉に、僕はほっとし、箸《はし》を握った。

そのとき食べたものは、今でも鮮明に覚えている。

子供が食べやすいように握ってくれた、小さい三角のおにぎりが二つ、味噌汁《みそしる》、煮物、大皿からはみだしそうな、鶏肉《とり》のからあげ（あとで知ったが、山賊《さんぞく》焼きというらしい）と千切りのキャベツ。

ひどくお腹をすかせていた僕は、まっさきにおにぎりを手にとった。

海苔《のり》が巻かれた、白いごはんの奥に、桜色の鮭《さけ》フレークが潜《ひそ》んでいて、口の中で、ほろほろとほぐれた。海苔の香ばしさ、甘いお米、鮭のほのかな塩分が口の中で絡み合い、とてつもなくおいしかった。おにぎりに添えてあった沢庵《たくあん》もパリパリで、豆腐とわかめの味噌汁も、やさしい味がした。生まれてこの方、こんなにおいしいごはんは食べたことがなかったし、その後も、めぐりあわなかった。

僕はお礼を言うことも忘れ、むさぼるように食べた。

「いい食べっぷりだね」

「残りものだけど、おにぎり、おかわりする？」

そう言って、食堂のおじさんとおばさんは、野沢菜で巻いたおにぎりを出してくれた。

彼らは、とてもやさしかった。

僕に、幸せをくれた人たちに――僕の両親はひどいことをした。

＊＊＊

僕の両親は犯罪者だった。僕はそのことを知らずに生きてきた。

僕は両親の顔を覚えていない。小学校にあがる前に、千葉に住む母方の祖父にひきとられ、そのときから、両親は死んだことにされた。祖父は近所の人にもそう話していたから、漠然《ばくぜん》とそうなのだろうと思った。

家に両親の位牌《いはい》がなかったり、墓参りに行かないことを不思議に思ったこともあったけれど、祖父は母と絶縁状態だったと聞いていたから、深く追及しなかったし、偏屈で人嫌いの祖父から、両親のことを訊《き》きだすのは不可能だった。両親のことを口にしないのが――祖父の家に置いてもらう条件のように、僕は感じていた。

祖父は地主で、不動産会社を経営していた。だから、祖父の家でお金に苦労したことはない。が、僕は祖父の怒りをかわないように、ひっそりと身をひそめて生活した。

新しい生活に慣れ、僕はごく普通の中学生になった。このまま地元の高校に行って、大学に行って、就職するのだろうなとぼんやりと思っていたとき、祖父が倒れた。

救急車で病院に運ばれる間に亡くなり、僕は一人になった。

祖父の葬儀に、一度も顔を見たことがない、祖父の親戚だという人たちがあらわれた。祖父の遺産を期待してのことだったが、彼らの目論見は外れた。祖父は遺言状を残しており、大半の財産が僕に行くようにとりはかっていた。僕が——祖父の養子になっていたことも、そのときに知った。子供が十五歳未満である場合、子供の意志は関係なく、親の一存で養子縁組ができるらしい。

遺産分与の話し合いは揉《も》めた。テレビドラマや漫画で見るような、どろどろの骨肉の争いというものを、僕は初めて目《ま》の当たりにした。

僕自身、こんな嫌な思いをするのなら、いっそのことすべての財産を放棄しようと思った。けれど、それは祖父の意志に反するからと弁護士の先生に止められた。

大人たちはとりわけ、母のことを口汚く罵《ののし》った。

「遺産が減ったのは、そもそもあんたの母親のせいなのよ。あの子、父親に借りられるだけ借りて、失踪したんでしょ？」

「ろくでもない男にひっかかって、私たちから借金をして逃げたのよ。そのお金をまだ返してもらってないってのに。その分の遺産ももらえないわけ？」

「ねえ、夫婦して、まだ刑務所に入っているの？」

僕は混乱した。

彼らの言葉から知った事実をつきあわせていくと、僕の両親は犯罪者だった。母は駆け落ち同然で父と結婚し、家を勘当《かんどう》された。父はなんらかの事業を営んでいたが、ことごとく失敗し、母の親戚をまわってお金を借り、そのお金を踏み倒して逃げたという。

両親は法に触れることを何度もし、警察沙汰《ざた》になった。両親のせいで、自殺に追い込まれた人もいるという。母は僕を祖父に預けたあと、行方不明になった。生死はさだかではないが、おそらく生きていないのではないかというのが皆の総意だった。

誰が僕の後見人になるかという話し合いをしている間も、僕の頭の中は真っ白だった。自分が不幸ではないと思っていたのは、何も知らなかったから。そう、何も知らないで生きられるように、祖父や周囲の大人たちが配慮してくれたのだと思う。

知らないでいられたことは幸せなことだった。

けれど、いずれは知らなくてはいけないことでもあった。


親戚たちが理由をつけ、祖父の遺産を奪っていったけれど、それでも――僕には一生食べていくには困らない額のお金が手に入った。

そのお金で大学に進学したあと、僕は調査会社を頼り、両親の行方をさがした。

大学の授業料に匹敵するお金を費やしたけれど、両親は見つからなかった。そのかわり、両親が借金をした人たちの情報はかなり入ってきた。

その中に両親に親切にしてくれた父の友人夫婦がいた。借金で首が回らなくなったとき、父の連帯保証人になってくれた。彼らは長野で食堂を営んでいた。食堂の名前は「さくら」。

その話を聞いたとき、すぐに、幼いときの記憶が蘇《よみがえ》った。

僕においしいごはんをくれた、あの夫婦のことだ。

僕はたまらず、長野に行った。食堂は二十年以上も前に閉店したということだったが、食堂を経営していた夫婦についての詳しい情報が得られるのではないかと思ったからだ。その夫婦がまだ生きているなら、食事のお礼と、連帯保証人になってくれたお礼とお詫《わ》びをしたいと思った。

けれど、長野で僕は現実をつきつけられた。

「さくら食堂」があった場所は、乾物屋になっていた。

近所の人たちに訊くと、

「ああ、食堂、あったわねえ。なつかしい」

「定食がおいしかったのよねえ」

年配の女性たちは、声をそろえて言った。

「だけど、あの場所はねえ、なぜか店子がすぐにいなくなっちゃうのよね。もって二、三年で」

「乾物屋の前は、ドラッグストアだったかしらね。お土産物屋《みやげもの》のときもあったけど」

「食堂の……確か、山田さんって言ったかねえ、すごくいいご夫婦だったけど……」

その、山田さんをさがして僕は長野まで来た。

「今、どこに住んでいるかわかりませんか？」

どうしても、あの人たちに会いたかった。

「わからないのよ。だって……夜逃げしたんだもの」

「夜逃げ？」

「そうそう、思い出した。あの人たち、お人よしだったから、友達の借金の連帯保証人になっちゃったのよね。親切心につけこまれたのかねえ」

「それで借金を負って、夜逃げしたって聞いたわ。ボヤ騒ぎを起こしたこともあったっけ。闇金《やみきん》の人に火をつけられて」

「人のよさそうなご家族で、店も繁盛《はんじょう》していたから、今度は大丈夫かって言っていたんだけど、やっぱりあの場所はねえ……」

僕は愕然《がくぜん》とした。

僕が持っていた幸せの記憶。それは、幸せの記憶ではなかった。

あの日、父は食堂の店主――山田さんに借金の連帯保証人になってもらおうとして、食堂を訪れたのだ。父が幼い僕を連れていったのは、おそらく人のいい山田さんの同情をひくため。山田さんは父に騙《だま》されたのだ。

山田さん夫婦は両親の借金を肩代わりするはめになった。両親は人のいい彼らを、不幸のどん底に突き落とした。子供の僕はその手助けをしてしまった。

人に聞いてまわったけれど、山田さん一家の行方はつかめなかった。彼らをさがしていいのかどうかもわからなかった。彼らからすると、僕は疫病神《やくびょうがみ》の子供だ。見つけられたところで、僕に何かができるわけでもない。僕の有り金全部はたいても、借金の額には足りないし、失われた時間が戻ってくるわけではない。

いや、それでも山田さん一家をさがさなければならないと思った。

僕の全財産を渡して、彼らに謝りたかった。


それから十年以上の年月が経《た》った。しかし、山田さん一家は見つからなかった。

何も知らなければ、僕は人並みの人生を送ることができただろう。

でも、僕は――事実を知ってしまった。だから、人並みに生きられなくなってしまった。

ネットの匿名《とくめい》相談のサイトで、自分の境遇を相談し、

「気にすることはないよ。連帯保証人になったやつがバカなんだよ」

と慰《なぐさ》めてもらったりもした。けれど、気は晴れなかった。

大学に進学したけれど、僕には友達と言える人が誰もいなかった。まともな人間関係が築けなかった。両親のことを訊かれるたびに、返答に窮した。答えたくないことがあると、自然とその人と距離を置いてしまう。

親のことを調べられるのではないかと思うとこわくて、就職活動もまともにできず、フリーターになった。幸い、祖父の家と遺産があったから、贅沢《ぜいたく》な生活をしなければ、食べていくことはできる。

バイト先で僕に話しかけてきた女性はいたけれど、家庭環境を詮索《せんさく》されそうになると、距離を置いた。自分の家族のことを明け透けに喋《しゃべ》ることができる相手がうらやましかった。

僕は――人と関わりを持つのがこわかった。犯罪者の息子だから――本人が望まなくとも、両親のように、周りの人を不幸にしてしまうのではないかとも考えた。そうならないように、やはり、僕は一人でいなければならないと思った。

そんなときに、家に僕宛の手紙――パーティーの招待状が届いた。

「ライフ・トレード？」

結婚式の招待状かと思ったが、そうではなかった。

何かの間違いかいたずらだと思った。が、

〝あなたの幸せを応援し、人生の再スタートをお手伝いします〟

僕の幸せを応援してくれる――という一文に誘われ、僕はそのパーティーに行った。

僕の担当は永さんと言った。

ライフ・トレードパーティーはセレブの集まりのようで、正直、気後《きおく》れがしたけれど、すぐに慣れた。おいしいものを食べて飲んで、健康診断もしてもらえて、いたれりつくせりだった。

パーティー会場には著名人もいた。スポーツ選手や女優もいたし、ピアニストもいた。どの人の人生も、今の自分よりはるかに幸せそうに見えた。

他人と人生を交換できるというのは、魅力的だった。

僕は親が犯罪者だという負い目があったけれど、会場では特に問題にされなかった。何人かからトレードを希望された。申し分のない相手だった。けれど、僕は躊躇《ちゅうちょ》した。

僕だけが幸せになっていいのだろうか――。


パーティー後、僕は永さんを呼び止めた。

「なんでしょう、中井様」

「訊きたかったんですけど、ライフ・トレードの権利って、僕にしか使えないのですか？」

「どういう意味でしょう？」

「僕より、幸せになってほしい人がいるんです」

僕は山田さん夫妻のことを話した。権利の譲渡を希望しても、そう簡単に見つかる相手ではないことはわかっている。調査会社にも依頼したが、見つからなかった。だめもとで言ってみたのだが、

「さくら食堂の……山田様ご夫妻ですね」

永さんはそう言うと、

「少々お待ちいただけますか？」

会場を離れ、数分もしないうちに戻ってきた。

「お待たせいたしました、中井様。おさがしの山田様ですが、ご主人は数年前に亡くなられています。奥様はご存命で、都内にお住まいです」

永さんはあっという間に山田さん夫婦の現状を調べてきた。どういう仕組みかわからないが、彼が手にしたタブレットに、山田さん夫婦の顔写真が入っていた。免許証かパスポートの写真だろうか。緊張気味の表情だが、記憶の中の笑顔と顔が一致した。

間違いない。僕においしいごはんを食べさせてくれたご夫婦だ。

「永さん、このご夫婦は、僕の両親のせいで、理不尽な目に遭わされたのです。なのに、なぜこの二人にライフ・トレード社の招待状が届かなかったのですか？」

「私どもにはわかりかねますが――」

システムの問題上、選ばれる人には「運」の要素も大きいのだと永さんは言った。

「山田様の奥様のほうは、弊社のサービスを受ける基準を満たされていますが――年齢的に山田様とトレードを希望される方は少ないかもしれません。それに何分、異例ですので、譲渡に際し、費用が発生することがありますが」

「構いません」

僕の心は決まった。

「永さん、どうか山田さんが幸せになる手伝いをしてくれませんか？　山田さんが幸せであってくれれば、僕は、不幸ではなくなるのです」

「かしこまりました」

その後、永さんからいくつかの説明を受けた。

ライフ・トレードのことを外で話してはいけない。ライフ・トレードにかかわった人への接触も禁じられる。たとえ、僕が権利の譲渡者であっても、今後、山田さんと直接かかわることは許されない――と。

もちろん、僕はその条件をのんだ。いずれにせよ、僕が今後、山田さんに会うことはない。

山田さんがライフ・トレードを行えば、僕は――山田さんのトレード相手が誰かわからないから――さがそうと思っても、さがすことはできないだろう。

譲渡や手続きで、出費がかさんだけれど、僕はうれしかった。

「では、山田様のトレードが完了いたしましたら、中井様にご連絡いたします」

「お願いします」

永さんとはそう言って、別れた。

僕は、やっと、山田さんに償《つぐな》いができた気がした。山田さんが幸せになれば、僕自身も、新しい人生を踏み出せる――そんな思いがした。


それが一カ月以上前のこと。

ところが、僕が譲渡したはずのライフ・トレードの権利――招待状は僕の手に戻ってきてしまった。

善意を断られたショックは大きかった。ショックを受けている自分が、またショックだった。

「山田様はライフ・トレードの権利を受ける基準を満たしていましたが、弊社のシステムが山田様を不幸と判定しなかった一つの理由は――お嬢様がいらっしゃったからのように思います」

と永さんは僕に報告した。

「永さん、ライフ・トレードの権利が一人分だったのがよくなかったんでしょうか。二人分あれば、山田さん母子はそれぞれ新しい人生を選んだのでしょうか」

「私にはわかりかねます。皆様を幸せにするお手伝いができなかったのが――残念です」

永さんの話を聞き、僕はふと思った。他人の人生を自分の手で幸せにしようと思った――そのこと自体が、実はおこがましいことではなかっただろうか。幸せは人にあたえられるものではない。人に判断されるものでもない。自分で――判断するものだから。

僕は永さんに訊いた。

「ライフ・トレード社を通じて、山田さんに送金するっていうのは可能ですか？　どういう名目でもかまいません。僕の全財産を山田さんに渡したいのです」

「中井様、ライフ・トレード社と関係のある人との接触は禁じられております」

「でも、僕は余計に山田さんたちに迷惑をかけてしまったのです。そのお詫びに――」

「何分、弊社でも初めてのことですが――」

と言って、永さんはわずかな金額を僕に提示してきた。

「山田様がお嬢様の尚子様に権利を譲渡した際に、費用が発生しております。その金額を中井様に請求してもよろしいですか？」

「もちろんです！」

「では、中井様はどうされますか?」

永さんは再度、僕の希望を訊いてきた。

山田さんがライフ・トレードの権利を辞退したと知ってから、ずっと僕は考えていた。

僕は本当に不幸なのだろうか——と。

そして、僕もある結論に達した。

「いえ、僕もライフ・トレードの権利を辞退します」

永さんは驚かなかった。そうなるのだろうと、予想した顔だった。

「すみません、ご迷惑をおかけしたのに」

「いいえ、かまいません。私どもは十分なデータが取れましたから」

永さんはほほえんだ。

ライフ・トレード社がなぜ、僕を不幸だと判定したのかわからない。

しかし、僕は不幸ではなかった。幸と不幸をわけたのは、山田さん夫婦が作ってくれた、ごはんだったのかもしれない。いや、山田さん夫婦だけではない。僕を祖父に預けた両親も、僕を育ててくれた祖父も——僕に、幸せをあたえてくれた。

そのことに、僕はずっと気づいていなかった。

「中井様、最寄り駅まででよろしいですか?」

「はい、お願いします」

　永さんは黒い車で僕を自宅の近くまで送り届けてくれた。彼と会うことは二度とないのだろうと僕は感じた。

　車を降り、僕は永さんに言った。

「お世話になりました。あの、永さん」

「なんでしょう」

「この世の中には僕よりライフ・トレードの権利を必要としている人がいると思います。その人に有効に使ってもらってください」

「かしこまりました」

「それと――」

「はい」

「永さんたちも、どうか幸せであってください」

「中井様?」

「あの……善意を断られるのは、いくら仕事でも、ショックなことだと思います。僕の個人的なお願いで、永さんにお手数をおかけしました。僕は――ライフ・トレードは経験しませんでしたが、今回のことで、人生を見直すことができました。僕は、永さんたちには本当に感謝しています」

　黒いサングラスをかけた永さんの表情はよくわからなかったが、彼は、少し笑ったかのように見えた。

「ありがとうございます。中井様、長らくのご利用、ありがとうございました」

その後、僕は永さんに会うことはなかった。彼のことも、ライフ・トレード社のことも忘れてしまった。

しかし、そのときに受けた人のやさしさを、僕は生涯、忘れないと思う。

（了）

※この作品はフィクションです。実在の人物・団体・事件などにはいっさい関係ありません。

集英社オレンジ文庫をお買い上げいただき、ありがとうございます。
ご意見・ご感想をお待ちしております。

● あて先
〒101-8050　東京都千代田区一ツ橋2-5-10
集英社オレンジ文庫編集部 気付
一原みう先生

あなたの人生、交換します
The Life Trade

集英社
オレンジ文庫

2018年3月25日　第1刷発行

著　者　一原みう
発行者　北畠輝幸
発行所　株式会社集英社
〒101-8050東京都千代田区一ツ橋2-5-10
電話【編集部】03-3230-6352
【読者係】03-3230-6080
【販売部】03-3230-6393（書店専用）
印刷所　凸版印刷株式会社

※定価はカバーに表示してあります

ISBN 978-4-08-680184-3 C0193